Rotfuchs

MIT
ILLUSTRATIONEN
VON
SARAH
MAUS

SARAH
JÄGER

UND DIE WELT, SIE FLIEGT HOCH

ROMAN

Rotfuchs

Das Zitat über Sadako Sasaki stammt aus Wikipedia
(de.wikipedia.org/wiki/Sadako_Sasaki).

Originalausgabe
Veröffentlicht im Rowohlt Taschenbuch Verlag, Hamburg,
März 2024

Lektorat Christiane Steen
Einbandgestaltung Cordula Schmidt, Hamburg
Einbandabbildung Sarah Maus
Satz aus der Scala Pro
Typografie Birgit Rohrbach, Hamburg
Druck und Bindung GGP Media GmbH, Pößneck
ISBN 978-3-499-01293-8

MIX
Papier | Fördert gute Waldnutzung
FSC® C014496

Und die Welt, sie fliegt hoch

10 … Begegnung

09 … Geburt

08 … Zimmer

07 … Familie

06 … Freunde

05 … Endgegner

04 … Wünsche

03 … Welt

02 … Liebe

01 … Tod

0 … Zukunft

Ich habe immer geglaubt
dass da niemand ist
außer mir

10

Hallo?

Ist da jemand?

Hallo?

Ava hier.
Wir kennen uns, oder?

Ähm, ich schick mal 'ne Sprachnachricht,
weil ich hab's nicht so wirklich mit Schreiben,
so überhaupt nicht.
Das weißt du vielleicht noch von früher –
also, wenn du Juri bist.
Wenn du Juri bist, dann waren wir
zusammen in der Grundschule.

Keine Ahnung.

Ich hab gerade einen Zettel gefunden. Beim Aufräumen.
Und da standen die Nummer und dein Name drauf.
Also, schon klar, wenn du Juri bist,
dann standen da die Nummer und dein Name drauf.
Auf dem Zettel.

Woher hast du meine Handynummer?

Woher hast du meine Handynummer?

Was?

Das hatte ich komplett vergessen –
meine Mutter, ja genau,
so war das, meine Mutter wollte,
dass ich ein Wellensittich bin.
Du bist ein Wellensittich, hat sie gesagt.
Aber schnärz die Wand an,
das war mir viel zu langweilig –
einfach nur ein Wellensittich sein und die ganze Zeit
auf der Holzstange hocken, wer will denn so was?
Da habe ich allen gesagt, dass ich ein komischer Vogel bin.

Kapier ich nicht.

Der komische Vogel

Du warst der komische Vogel

Kostümfest in der Grundschule
Dritte Klasse
Glaube ich
Bin mir nicht sicher
Vielleicht war es auch in der vierten

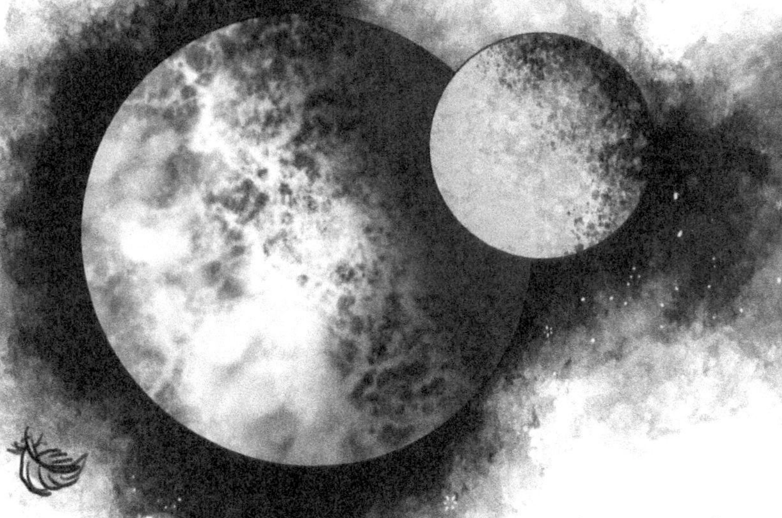

Der keinen Spaß versteht

Malik

Hallo? Malik ist mir die ganze Zeit hinterhergerannt
und hat Kakadu gerufen. Kakadu, Kakadu, Kakadu,
er hat gar nicht mehr aufgehört damit.

Was will er da erwarten, sag mal ehrlich?
Von mir kriegt der null Komma null Prozent Spaß.

Genau, das hat er von mir gekriegt.
Und er konnte froh sein, dass es nur das Schienbein war,
das sag ich dir.
Da raste ich immer noch aus –
auch nach, wie lange ist das her? Fünf Jahren oder so.

Und wer warst du? Auf dem Kostümfest?

Das ist ja auch fast wie ein Vogel.

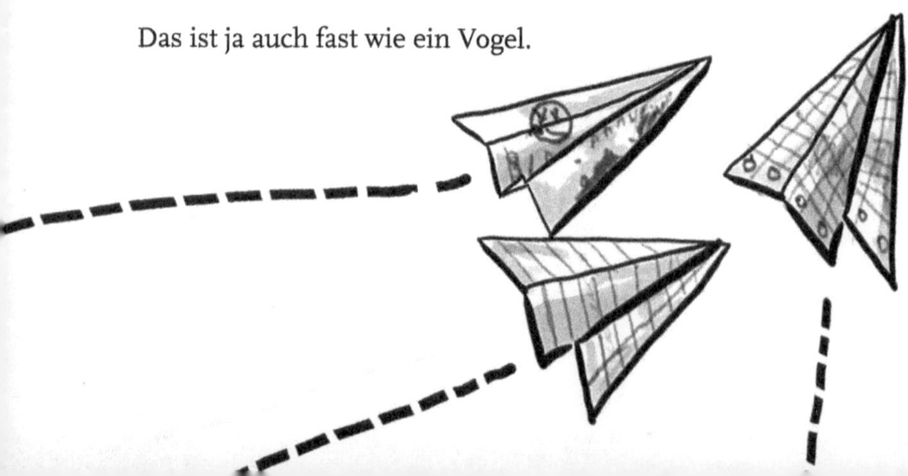

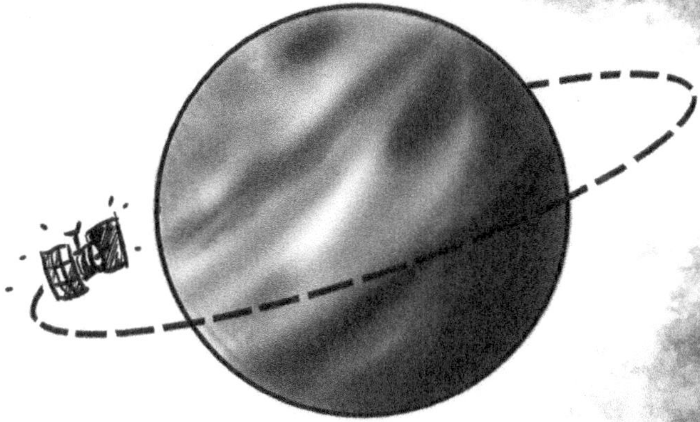

Einen Tritt gegen das Schienbein

Astronaut

Nur fliegen kann ich nicht
Er nicht
Der Astronaut
Er kann nicht fliegen

Kannst du dich noch an die eine erinnern,
die immer in der ersten Reihe saß
und die ihr Kostüm selbst gemacht hat,
und niemand hat erkannt, was es sein soll,
und alle haben geraten, aber alles war falsch,
und dann ist sie ganz hysterisch geworden
und hat geweint und gerufen:
«Ich bin eine verwunschene Prinzessin
aus einer fernen Galaxie, ihr dreckigen Pissbirnen!»?

Oh.
Vielleicht war das auch gar nicht auf dem Kostümfest.
Vielleicht habe ich sie in irgendeiner Serie gesehen,
oder ich habe mir das ausgedacht.

Keine Ahnung.
Mir ist langweilig, richtig schlimm. Geht auch nicht anders,
oder? Wenn man nur zu Hause sitzt und nichts passiert.

Das würde ich sofort machen, wenn ich könnte.
Kannst du mir glauben. Sofort, wenn ich dürfte.

Nein

Was willst du
Von mir
Also was willst du von mir?

Dann geh doch raus

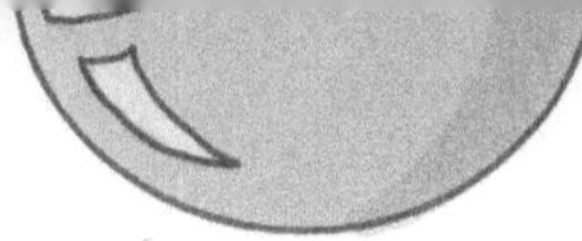

Hausarrest in den Ferien sollte gesetzlich verboten sein,
findest du nicht auch?
Das ist garantiert gegen irgendwelche Menschenrechte.

Du bist auch zu Hause, oder?

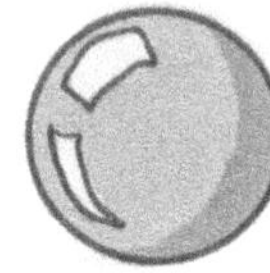

Weil du nicht so der Mensch fürs Freibad bist.
Auf jeden Fall früher warst du
nicht so der Mensch fürs Freibad.
Bist auch nie mit zum Schwimmunterricht,
weil du eine Entschuldigung für das ganze Schuljahr
im Ranzen hattest.
Ich wäre jetzt im Freibad, wenn ich könnte.
Definitiv wäre ich das, wenn ich dürfte.
Mit Pommes und ganz viel Mayo,
aber die muss bisschen nach Sonnencreme schmecken,
sonst ist es nicht richtig Freibad.

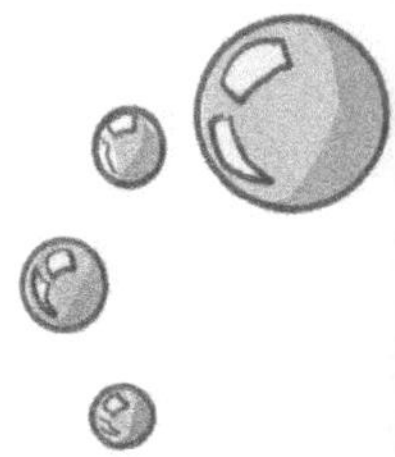

Nur quatschen, damit die Zeit rumgeht.
Du kannst natürlich auch schreiben,
weil du ja lieber schreibst, denke ich mir.

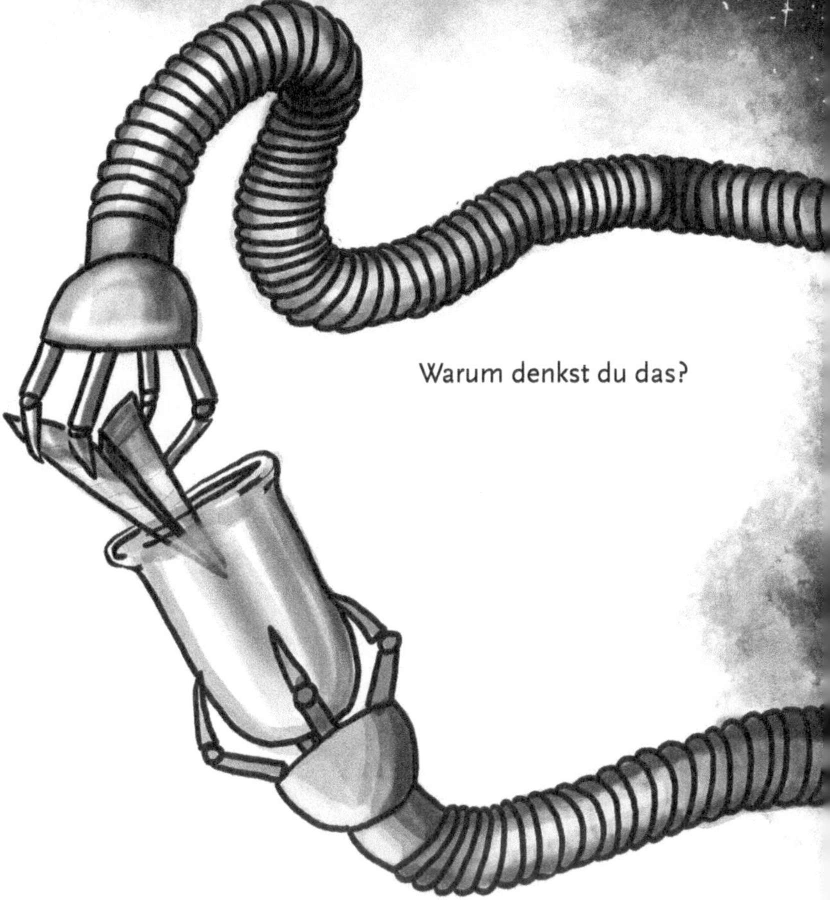

Warum denkst du das?

Und was willst du dann von mir?

Bisschen quatschen
weil deine Freunde im Freibad sind

Wir haben noch zwei Wochen Sommerferien,
bei einer Regenwahrscheinlichkeit von 0 %.
Natürlich sind meine Freunde im Freibad.

Keine Ahnung. Wegen einer Sache.

Wenn du es unbedingt wissen willst –
ich habe eine Giraffe aus dem Zoo entführt.

Schon gut.
Es war ein Alpaka.
Mit dunkelbraunen Augen, und ich war sofort verknallt.

In meinem Kleiderschrank.
Aber wenn ich 18 bin, wollen wir uns zusammen
eine eigene Wohnung suchen.
Ich glaube, das ist die ganz große Liebe mit uns.

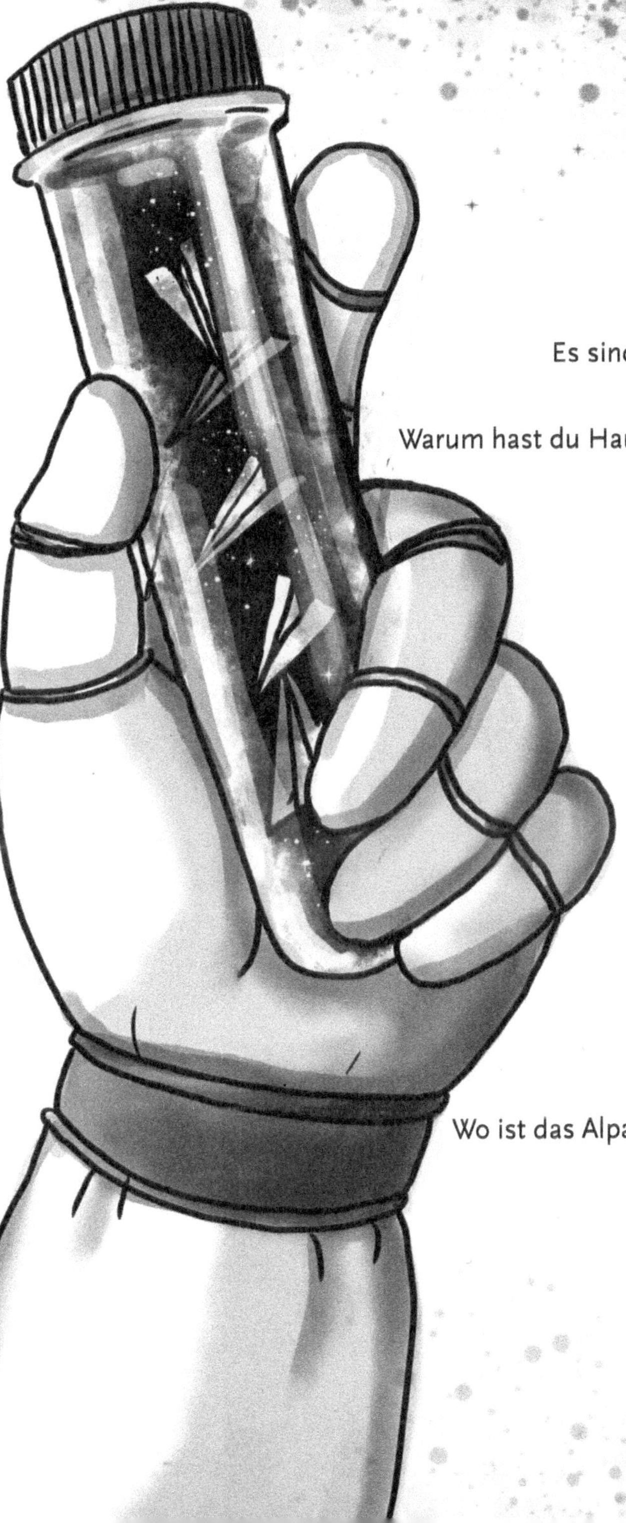

12 Tage

Es sind 12 Tage

Warum hast du Hausarrest?

Sache?

Klar

Wo ist das Alpaka jetzt?

Weil das mit dem Alpaka die bessere Geschichte ist.
Die Wahrheit ist doch lahm.
So wie alles gerade, mein ganzes Leben.
Ein riesiges L wie Langeweile.
Mir ist so langweilig, ich hab sogar mein Zimmer aufgeräumt,
das ist echt nicht mehr normal, wenn du mich fragst.

Welchen Zettel?
Genau, den Zettel mit deiner Handynummer.

Ich würde alles dafür geben, jetzt im Freibad zu sein,
wirklich alles. Außer meine Glückssocken vielleicht.
Und den Pullover von meiner Oma,
den würde ich auch nicht hergeben.

Wo wärst du denn gerne – jetzt, in diesem Moment?

Darüber muss ich erst mal nachdenken.
Ich wäre voll gerne am Meer,

Warum sagst du nicht
was wirklich passiert ist?

Und da hast du den Zettel gefunden

Ich wäre ja überall dabei
weil ich mich nicht zu Hause lassen könnte
oder im Kleiderschrank
Deshalb kann ich doch direkt
in meinem Zimmer bleiben

sogar lieber als im Freibad. Ob mit mir oder ohne mich.
Reden wir morgen wieder?

Du hast meine Sprachnachricht gehört,
und zwar schon vor 43 Minuten.
Dass du nicht antwortest, nehme ich langsam persönlich.

Tick Tack Tick Tack

Fast so witzig wie ein Tritt gegen das Schienbein.

Ich habe drei Autos angezündet, deswegen habe ich Hausarrest.
Glaubst du?

Jetzt hast du seine Gefühle verletzt.

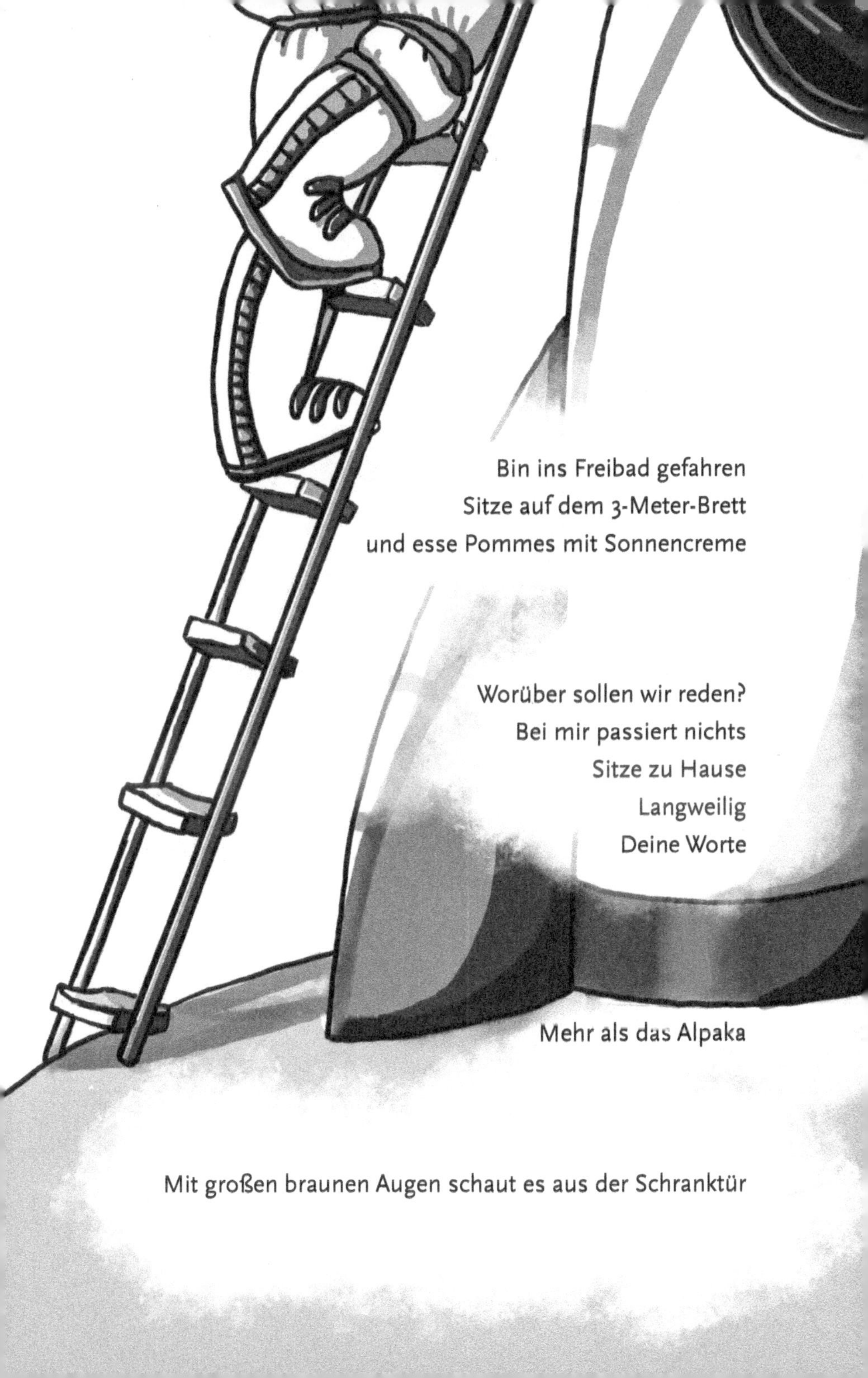

Bin ins Freibad gefahren
Sitze auf dem 3-Meter-Brett
und esse Pommes mit Sonnencreme

Worüber sollen wir reden?
Bei mir passiert nichts
Sitze zu Hause
Langweilig
Deine Worte

Mehr als das Alpaka

Mit großen braunen Augen schaut es aus der Schranktür

Mit großen braunen Augen und verletzten Gefühlen.

Du musst mir echt helfen,
damit ich die nächsten zwei Wochen überstehe.

Bitte!

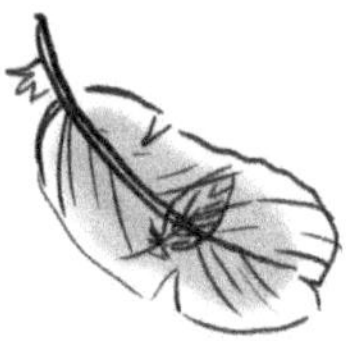

Ha! Da schreibst du es selbst. Nur 12 Tage.
Nur 12 Tage hast du mich am Hals,
und danach bist du mich wieder los.
Für immer. Für immer und ewig, wenn du willst.
Bitte! Habe ich schon gesagt, aber trotzdem, BITTE!
Alle Menschen, die ich kenne –
die ganze Welt ist unterwegs und hat Besseres zu tun.

Du schläfst drüber, okay?
Schlaf drüber, und ich melde mich morgen.

12 Tage
Es sind nur
12 Tage

9

Bist du schon wach?
Ich weiß gar nicht, ob du Langschläfer bist oder nicht.

Langschläfer, ziemlich eindeutig.

Laaaaaaaaangschläfer …

Laaaaaaaaaaaaaaaaaaaaaaaaaaaaaaaaaaaangschläfer …

Mein Vater würde mir was erzählen,
wenn ich bis mittags schlafen würde.

Ich habe das Denkmal auf dem Marktplatz blau angemalt.
Glaubst du?

Na, weil doch die ganze Welt unterwegs ist. Mein Vater dachte,
wenn mir niemand Nachrichten schreibt,
weil ja alle was Besseres zu tun haben,
und ich das mitbekomme, dass alle was Besseres zu tun haben –
wenn ich also den ganzen Tag aufs Display starre
und es nicht aufleuchtet und keinen Piep von sich gibt,
dann ist die Strafe mit dem Hausarrest noch schlimmer
sozusagen.

Wieso darfst du dein Handy haben
Hausarrest
aber Handy
Was soll das für ein Hausarrest sein

Was erwartest du? Er ist erwachsen, natürlich ist er unlogisch.

Du fragst dich viel, oder?

Die schicken mir Fotos von der Liegewiese
und von Schokoladeneis und Wasserschlacht,
oder sie schicken Sprachnachrichten, die man nicht versteht,
weil alle laut lachen und durcheinanderreden.
Das macht es nur schlimmer.
Deshalb du, weil du Zeit zum Quatschen hast.
Manchmal sind Sachen so einfach, ob du es glaubst oder nicht.
Du hast Zeit, und ich habe Langeweile.
Wenn ich Langeweile habe, bin ich nicht sonderlich wählerisch.

Unlogisch

Aber deine Freunde
Warum schreiben sie dir nicht
Freunde schreiben immer
dachte ich
Ob im Freibad oder woanders
Gute Freunde schreiben immer

Das habe ich mich gefragt

Warum ich
obwohl du doch Freunde hast
habe ich mich gefragt

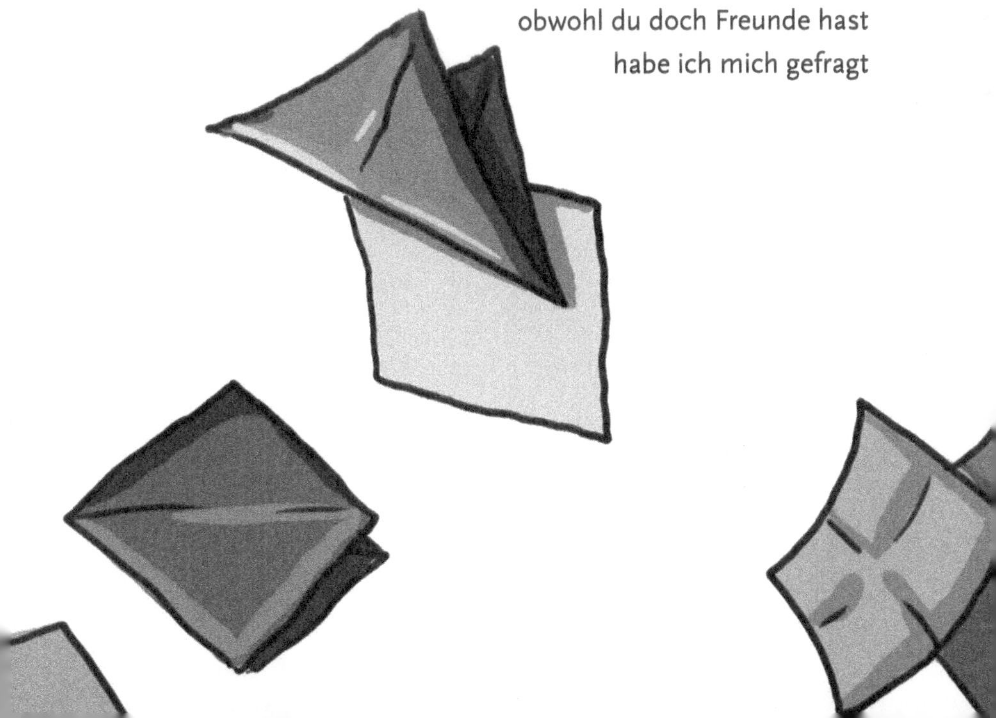

17 Minuten keine Antwort. Bist du sauer?

Du bist sauer, oder?

Warum auf dich?

Ich hätte echt noch viele Menschen anschreiben können.
Schwöre! Meine Tante Bocholt, zum Beispiel.
Die heißt nicht wirklich so, aber sie wohnt da.
Die hätte sich garantiert gefreut,
wenn ich ihr geschrieben hätte,
weil da auch nicht so viel passiert, in Bocholt.
Oder meine Cousine Chanel. Die heißt wirklich so.
Ich kann dir eine Liste machen.
Da stehen dann lauter Leute drauf,
die ich nicht angeschrieben habe,
und tirili – fühlst du dich wieder besser.

Ich habe mir die Zähne geputzt
Und vielleicht
war ich auch ein bisschen sauer
Aber eher auf mich als auf dich

Ich habe gefragt
und du warst nur ehrlich
Wenn man die Antwort nicht aushalten kann
sollte man nicht fragen

Dann noch mal
Worüber sollen wir reden
wenn doch nichts passiert

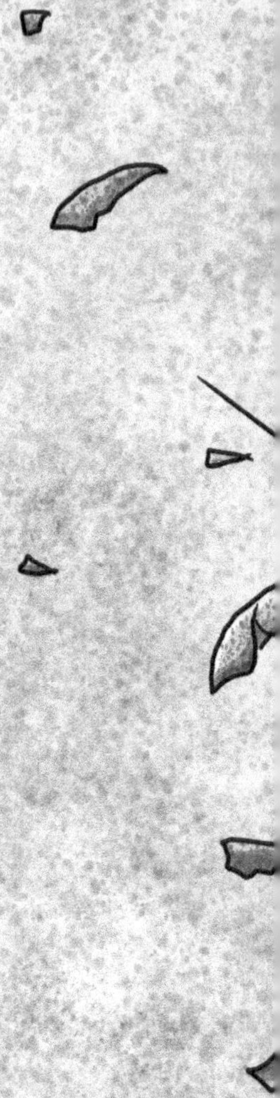

Das habe ich mir genau überlegt,
als du heute Morgen so lange geschlafen hast
oder dich was gefragt hast oder was auch immer.
Sag irgendein Thema,
aber du darfst nicht großartig nachdenken.

Dein Ernst? Alles klar. Reden wir über Geburt.

Nur heute

Morgen suche ich ein Thema aus.

Wie war deine Geburt denn so?

Du schreibst jetzt seit fünf Minuten.
Ist ja nicht so, als ob ich das Thema ausgesucht hätte ...

Meine Mutter hatte ewig Wehen,
also nicht ewig, aber 20 Stunden oder so.

Geburt

Die nächsten 12 Tage?

Und morgen?

Meine Mutter erzählt immer
dass meine Geburt ganz unkompliziert war
Aber vielleicht sagt sie das nur
damit ich mich nicht schlecht fühle

Meinst du? Aber ich finde es draußen echt schön.
Du nicht? Wenn man rausgeht, dann ist es doch richtig schön.

Hm.

Ich auch nicht.

Dann reden wir über Geburtstage,
über Geburtstage gibt es mehr zu reden.
Was war dein schlimmster, dein allerallerschlimmster?

Mein vierzehnter war vor drei Monaten.
Ich hätte nie im Leben gedacht, dass ich älter bin als du.

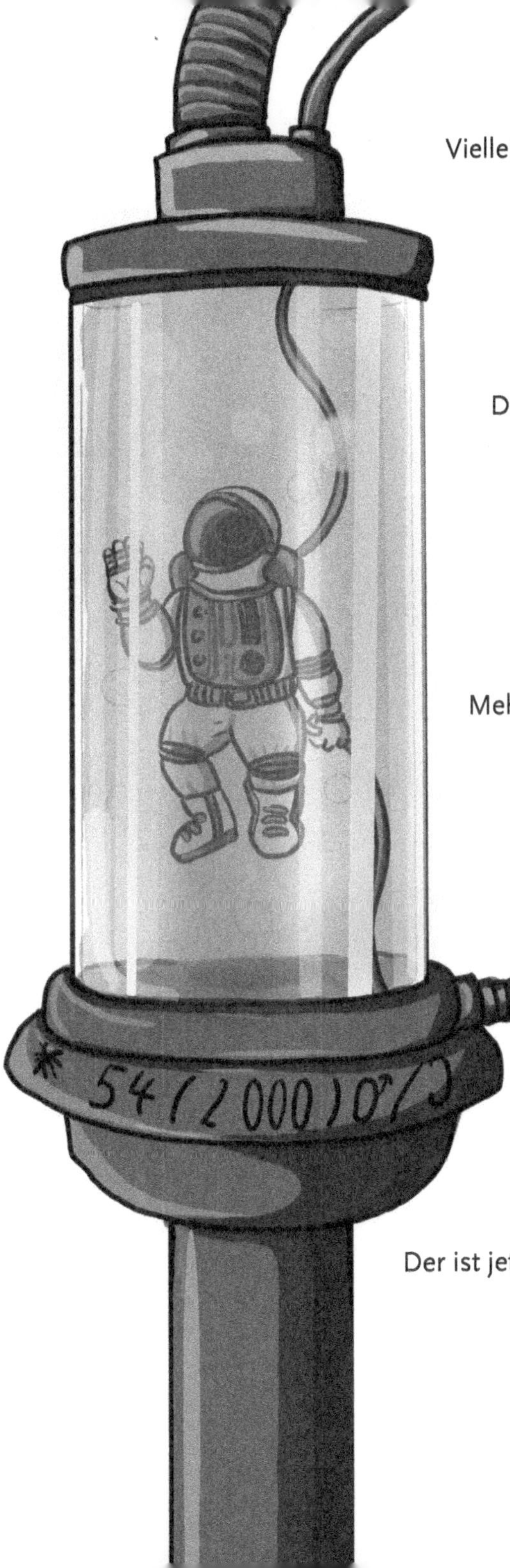

Vielleicht wolltest du nicht raus

Zu laut zu grell zu viel
Da bleibe ich lieber drinnen

54 cm
2900 Gramm
Ich habe es überlebt
und meine Mutter auch

Mehr habe ich nicht zu sagen

Über Geburt

Mein vierzehnter
Der ist jetzt anderthalb Monate her

Das sind einmal Sommerferien sozusagen.
In einmal Sommerferien kann ziemlich viel passieren.

Ich bin per Anhalter nach Alaska, glaubst du?

Niemals ohne mein Alpaka!

Warum war dein vierzehnter Geburtstag denn so schrecklich?

Sechs Wochen
Das ist nicht viel älter

Außer man hat Hausarrest

Mit Alpaka oder ohne?

Meine Mutter wollte mich zwingen
meinen Geburtstag zu feiern
Sie hat ein paar Leute aus der Schule eingeladen
Und welche aus meiner Karate-AG
Ich war seit Monaten nicht mehr bei der AG
Eine Bowlingbahn hat sie gemietet
Ich bin in meinem Zimmer geblieben
und sie hat mit fünf Leuten im Hof gesessen
Die meisten
die sie eingeladen hat
sind nicht gekommen
Zum Bowlen sind sie dann nicht mehr gegangen

Wahrscheinlich macht sie sich Sorgen wegen irgendwas.

19 Minuten keine Antwort. Kapiert,
du willst nicht drüber reden.
Dann Stichwort Party. Gehst du hin?
Auf die Sommerabschlussparty?

Aber das wird bestimmt lustig.
Garantiert ohne Bowlingbahn und übergriffige Eltern.

Tja, ich habe noch 9 Tage Zeit, um dich zu überreden!

So grausam kann selbst mein Vater nicht sein.
Wir sind jetzt in der Neunten,
und wenn wir unsere Zukunft nicht direkt am Anfang
versauen wollen, dann müssen wir auf diese Party.

23 Minuten keine Antwort.
Durch Schweigen löst man gar nichts, weißt du schon, oder?

Kann ich nicht. Konnte ich noch nie. Werd ich nie.

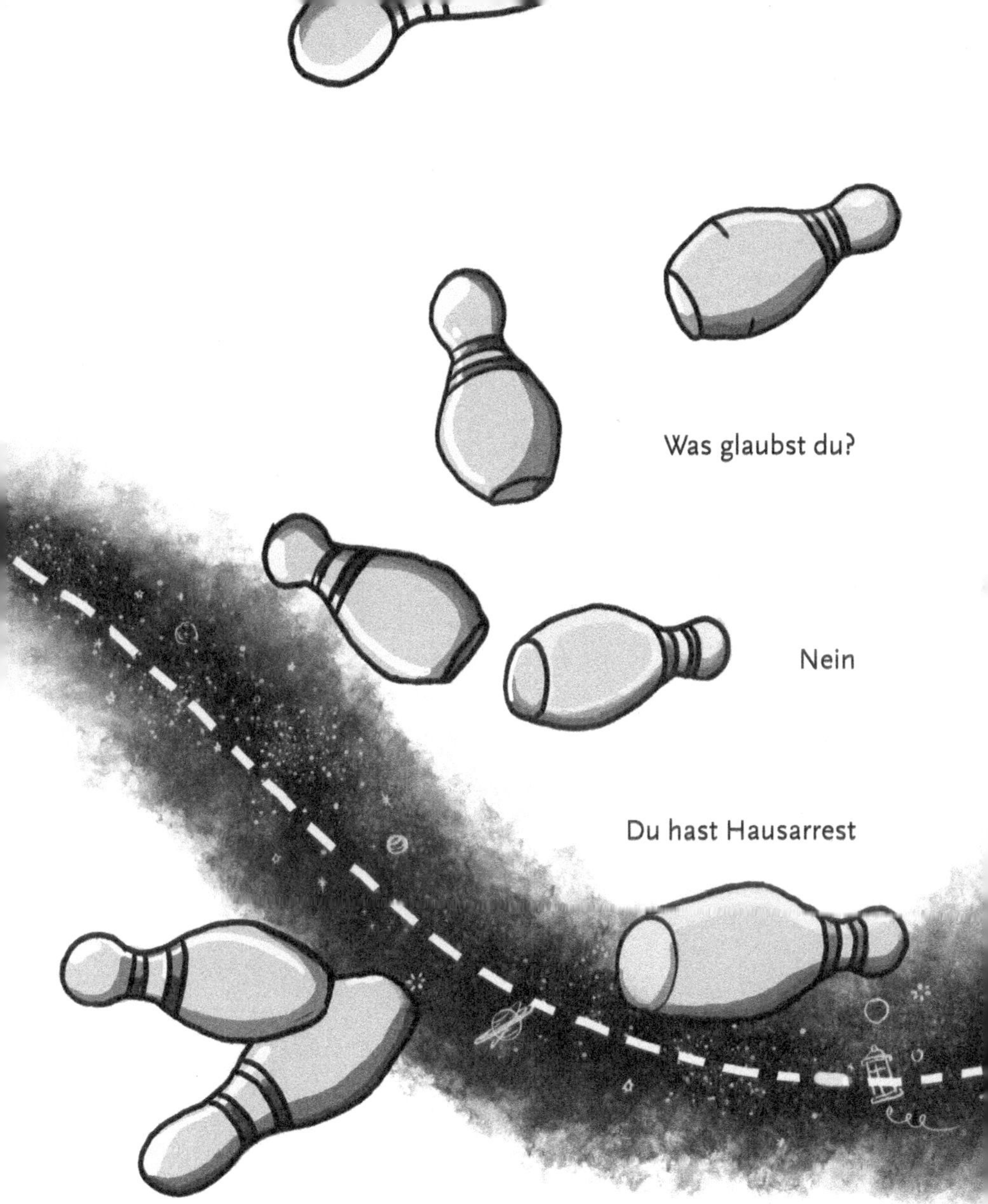

Was glaubst du?

Nein

Du hast Hausarrest

Und du weißt schon
dass du Stille auch mal aushalten musst?

Kannst du direkt vergessen.
Ich kann länger die Luft anhalten als Stille aushalten.

Oh, der war richtig schlimm. Das war auch der vierzehnte.
Vielleicht liegt das an der Zahl Vierzehn, was meinst du?
Vielleicht ist ja eigentlich Vierzehn die Unglückszahl –
und nicht Dreizehn. Stell dir mal vor, die ganze Welt denkt
teck, teck, teck, die Dreizehn, alle Alarmglocken an,
und wenn die Vierzehn kommt, atmen alle erleichtert aus,
weil sie denken, sie hätten es geschafft,
dabei kommt erst jetzt das ganze Unglück,
da kannst du vorher machen, was du willst,
denn die Vierzehn, die haut dich so richtig aus der Kurve.

Wann jetzt genau?

Ich hatte richtig viele Leute eingeladen.
Zu mir nach Hause jetzt, weil so Erlebnisbad
oder Kinocenter ist halt zu teuer mit richtig vielen Leuten.

Du musst mir noch
von deinem schlimmsten Geburtstag
erzählen

Das könnte schon sein
Fühlt sich auf jeden Fall gerade so an

Und was ist passiert?

An deinem schlimmsten Geburtstag

Aber Natascha aus der Parallelklasse,
für die ist Geld überhaupt kein Problem.
Die hat am gleichen Tag ihren Geburtstag gefeiert –
im Freizeitpark, mit freiem Eintritt für alle.
Kannst dir vorstellen, wo die Leute dann hin sind.
Die sind schon kurz bei mir vorbei, weil sie mich ja gernhaben,
aber zippzappzupp, so schnell konntest du nicht gucken,
sind die wieder weg in den Freizeitpark. Ich wusste gar nicht,
wohin mit mir, weil alles in mir wütend war,
jedes kleinste Fitzelchen in mir war wütend.
Und da habe ich die Polizei angerufen.
Hab denen gesagt, dass ich im Freizeitpark bin
und gerade eine Schlange gesehen habe,
direkt bei der Achterbahn.
«Ja und?», hat die Polizei gesagt.
«Da ist doch immer eine Schlange.
Musst du halt warten.» Ich so: «Nein, eine Giftschlange,
eine richtige Giftschlange, eine riesige Königspython.»
Sie haben sofort den Park geräumt,
das kam sogar in den Nachrichten.
«Nimm das, Natascha aus der Parallelklasse»,
habe ich aus dem Fenster gebrüllt.
Tja, es gab nur einen Fehler im System,
hätte ich wissen müssen, weil man das ständig in Filmen sieht.
Ich hab mit dem Handy angerufen,
und das konnte die Polizei natürlich zurückverfolgen.
Vor ein paar Tagen hat es an unserer Wohnungstür geklingelt –
ich habe mächtig Ärger bekommen
und zwei Wochen Hausarrest. Glaubst du?

Königspython ist eine Würgeschlange

Ach komm schon, die Geschichte war trotzdem gut.

Nichts Spektakuläres. Alle sind zu mir gekommen,
auch wenn es nicht in den Freizeitpark ging.
Was soll ich da erzählen? Ich liebe Geburtstage.

Kennst du noch diese blöde Geburtstagsregel?
Mit sechs Jahren darf man sechs Leute einladen,
mit sieben sieben, mit acht acht. Bullshit, oder?
Als ob man pro Jahr einen Freund mehr hat in seinem Leben.

Ich glaube, du warst so an Nummer 12.
Nach Malik und vor Boris.
Aber an meinem zwölften Geburtstag
hatten wir ja keinen Kontakt mehr.

Königskobra ist die mit dem Gift
Sie kann sogar einen Elefanten töten

Warum erzählst du mir nicht
was wirklich passiert ist
an deinem vierzehnten Geburtstag?

Du hast mich nie eingeladen
als wir in der Grundschule waren

Wie alt hättest du werden müssen
damit du mich einlädst?

Nach Malik

Aber du warst vor Boris.

Du hast mich übrigens auch nie eingeladen.
Welche Nummer war ich denn auf deiner Liste?

Aber beim Geburtstag geht es nicht um den wenigsten Ärger,
sondern um den meisten Spaß, das weißt du schon?

Nika hatte diesen riesigen Garten.
Wenn man einen riesigen Garten hat,
dann gibt es keine Geburtstagsregel.
Ich glaube, bei Nika waren alle aus unserer Klasse.

Skandal! Du warst nicht eingeladen? Aber sogar Boris war da.

Du hast Malik gegen das Schienbein getreten

Boris hat seine eigenen Popel gegessen

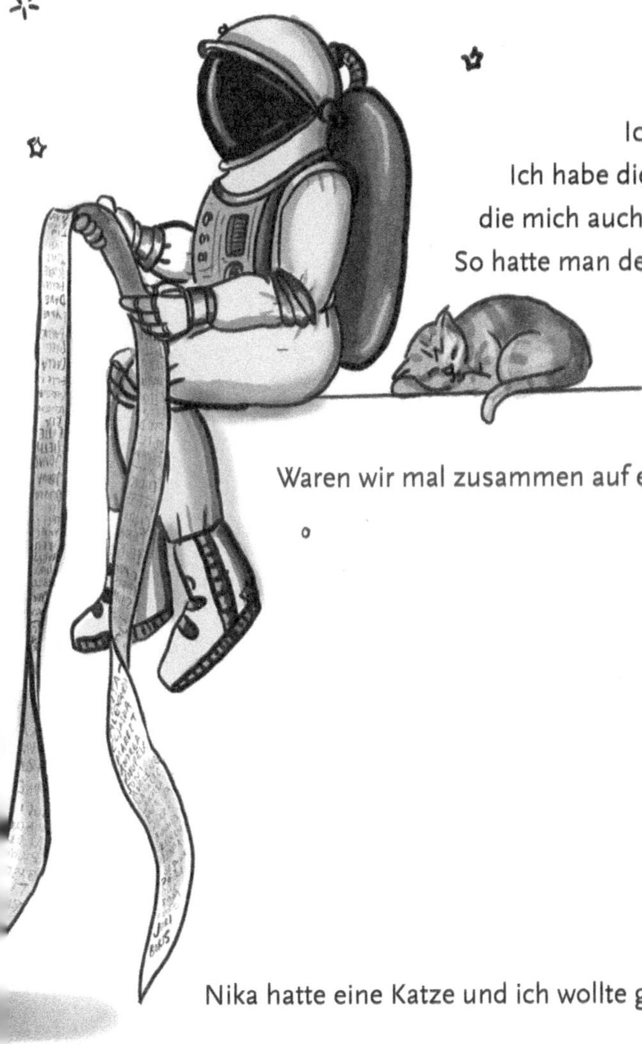

Ich hatte keine Liste
Ich habe die Leute eingeladen
die mich auch eingeladen haben
So hatte man den wenigsten Ärger

Waren wir mal zusammen auf einem Geburtstag?

Nicht alle

War nur Spaß
Nika hatte eine Katze und ich wollte gar nicht mehr weg

An die Katze kann ich mich gar nicht mehr erinnern.
Nur an den riesigen Garten.

Du hast den ganzen Nachmittag im Schuppen gesessen?
Jetzt verarschst du mich!

Aber manchmal jemanden, der dich aus der Ecke rausscheucht, oder?

Schwarz mit weißen Pfoten
Nach dem Geburtstag habe ich sogar versucht
mich mit Nika anzufreunden
damit sie mich noch mal einlädt
und ich die Katze wiedersehen kann

Die Katze hatte sich im Schuppen versteckt
hinter der Schubkarre
Und ich habe ganz lange da gesessen
irgendwann ist sie rausgekommen
und hat mit ihrem Kopf gegen meine Hand gestupst

Ich habe nicht im Schuppen gesessen
Ich habe davorgesessen
Vorm Schuppen
Ich wollte der Katze keine Angst machen
Wenn du Angst hast
dann brauchst du niemanden
der dich noch weiter in die Ecke drängt

Vielleicht

Es muss ja nicht mit einem Besenstiel sein oder einer Kettensäge.
Bestimmt reicht es, dreimal in die Hände zu klatschen
und tirili –
bist du raus aus der Ecke.

Natürlich reden wir von der Katze.

Hast du sie je wiedergesehen?

Das ist traurig irgendwie.

Ich wärme mir gerade Kichererbsencurry auf.
Das sind die Reste von gestern.

Dann reden wir morgen weiter.

Uns fällt schon was ein.

Wir reden von der Katze?

Die Katze?
Nein

Ich muss Schluss machen jetzt
Abendessen

Das gab es gestern auch bei uns
was ein Zufall
Und heute Nudeln mit Linsenbolognese
Meine Mutter besucht gerade einen veganen Sommerkochkurs

Und worüber?

8

Ich habe die Wände von meinem Zimmer schwarz angemalt
und dann Geister gerufen. Glaubst du?

Nein. Irgendwas muss ich falsch gemacht haben.

Schnärz die Wand an, mein Alpaka kann richtig gruselig sein,
wenn es möchte.

Ich wollte meine Zimmerwände wirklich mal schwarz streichen,
aber dann sind sie doch nur grün geworden.
Weißt du, was mein Vater immer sagt?
«In einer Mietwohnung die Wände bunt anmalen,
das ist total bekloppt.»
Weil man ja alles wieder weiß streichen muss,
wenn man auszieht. Bunte Wände sind komplette
Geld- und Zeitverschwendung, da kannst du gleich beides
das Klo runterspülen, das Geld und die Zeit, sagt er.

Dabei lebt ihr noch nicht mal in einer Mietwohnung, oder?

Kommt darauf an
Sind sie aufgetaucht
die Geister?

Vermutlich hatten sie Angst
vor dem Alpaka im Kleiderschrank
Haben sich nicht aus dem Jenseits getraut

Meine Wände sind weiß

Aber das habe ich mir irgendwie gedacht,
dass deine Wände nicht bunt sind.
Sowieso habe ich darüber nachgedacht,
also ich habe mich gefragt, wie dein Zimmer aussieht.

Auf keinen Fall! Fotos sind doch übelste Langeweile.
Und außerdem, wir haben Zeit.
Ich meine, wenn wir eins haben, dann haben wir Zeit.
Also hör auf rumzueiern und hau raus.
Wie sieht dein Zimmer aus?

Merke schon, du freust dich richtig drauf,
mit mir zu quatschen. Ich brauche Details!
Ist dein Zimmer ordentlich?
Ich wette, dein Zimmer ist aufgeräumt.

Doppelhaushälfte

Darüber willst du heute reden?
Über unsere Zimmer?

Ich kann dir ein Foto schicken
wenn du willst

Normal
denke ich
Bett und Schrank und Schreibtisch

Regal
Ein Regal habe ich auch noch

Wirklich, jede Wette!
3000 Prozent. So mächtig pingelig,
da liegt keine Socke auf dem Boden,
keine Staubmäuse unterm Bett,
da traut sich gar nichts, irgendwo zu sein, wo es nicht hingehört.
Die Wände sind weiß, hast du ja schon gesagt.
Dann Laminat und ein Teppich.
Richtung grau, schätze ich mal.
Deine Bettwäsche ist blau. Vielleicht mit Streifen.
Heiliges Streifenhörnchen, bin ich gut oder hab ich recht?

Bisschen danebengekleckert,
wen interessiert das schon.
Was liegt auf deinem Schreibtisch?
Ein Bleistift und ein Kuli, so ganz genau nebeneinander.
Und ein Geodreieck.
Mehr nicht, weil alles so aufgeräumt ist.
Ich sehe das so klar vor mir, kneif mich mal,
vielleicht habe ich echt übersinnliche Fähigkeiten.

Junge! Es sind Sommerferien, was läuft falsch bei dir?

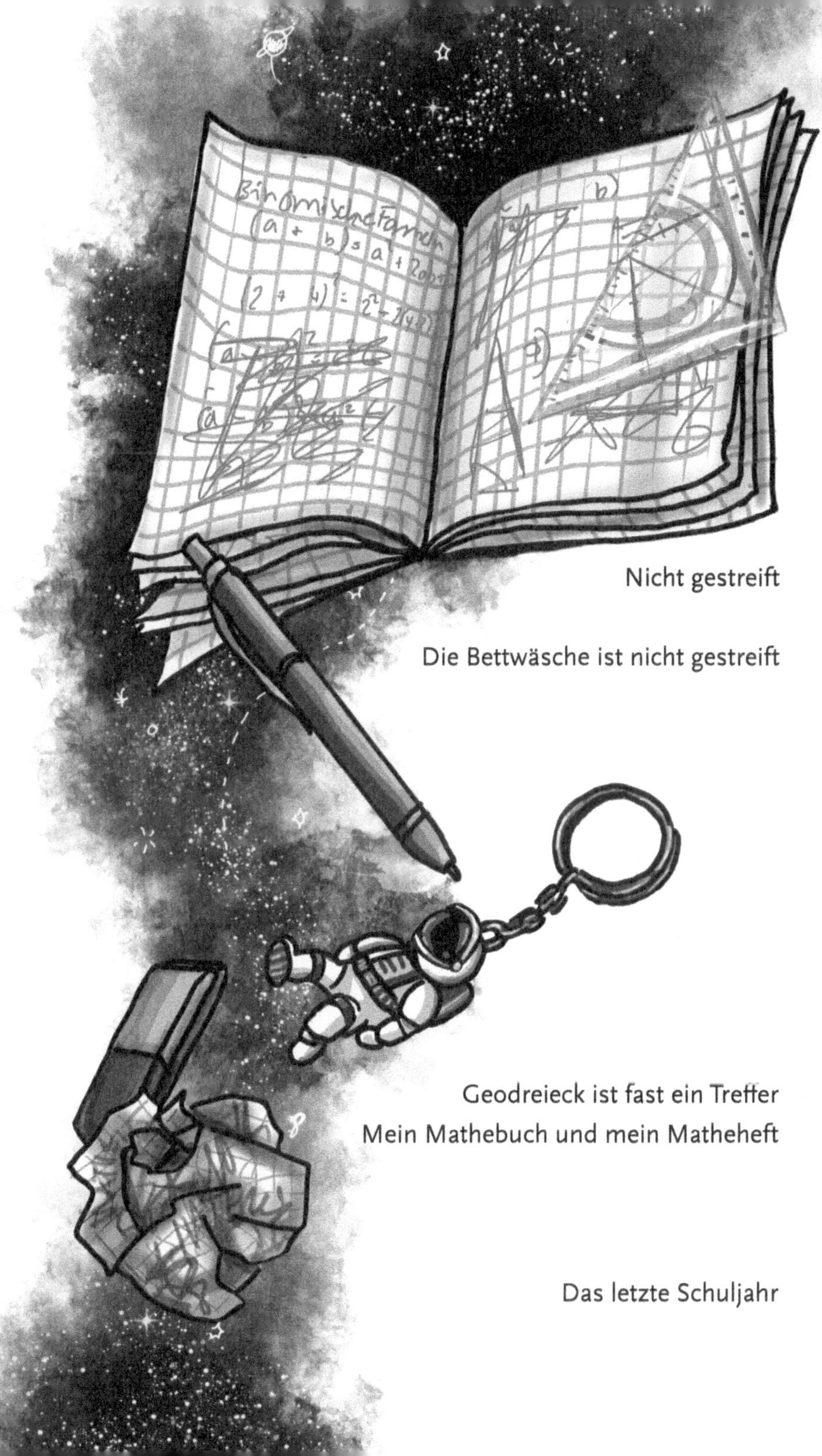

Nicht gestreift

Die Bettwäsche ist nicht gestreift

Geodreieck ist fast ein Treffer
Mein Mathebuch und mein Matheheft

Das letzte Schuljahr

Warum hast du denn gefehlt?

Okay, 53 Minuten, hab's gecheckt.

Geht mich eh nichts an,
warum du gefehlt hast. Sowieso reden wir heute über Zimmer und nicht über Schule. Wer will schon über Schule reden.

Außer Lehrer und Eltern natürlich.

Manchmal ist dein Schweigen echt anstrengend.

Hallo???

Was für Bücher stehen in deinem Regal?
Warte kurz, übersinnliche Fähigkeiten aktivieren – Mangas, oder?

Immerhin habe ich dich wieder zum Schreiben gebracht!

Das letzte Schuljahr lief nicht so gut bei mir
Hab die letzten Wochen gefehlt
und muss das nachholen
Sommerferien hin oder her

Vergiss die übersinnlichen Fähigkeiten
Du kannst noch nicht mal Geister dazu bringen
das Jenseits zu verlassen

Weil du nervst und einen nicht in Ruhe lässt

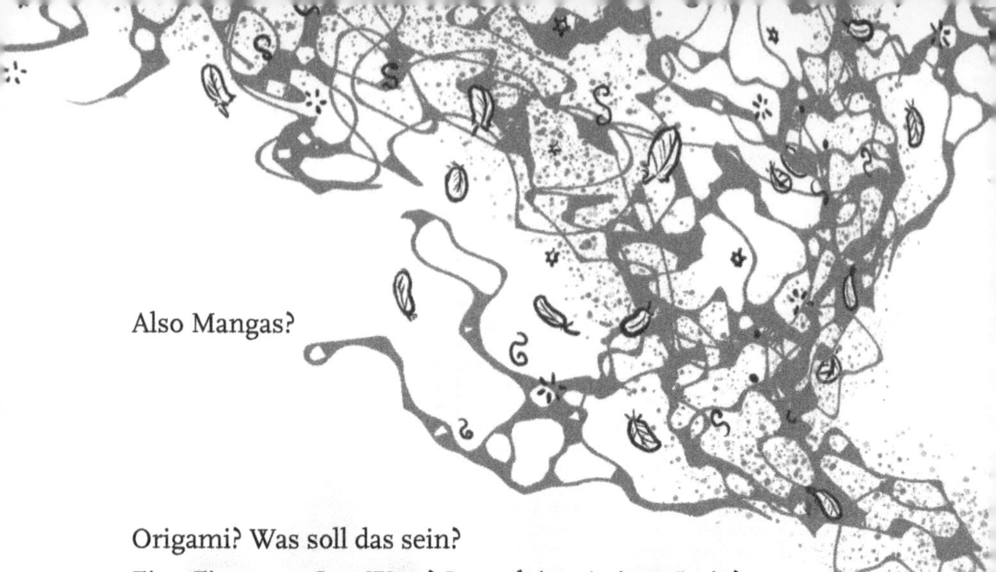

Also Mangas?

Origami? Was soll das sein?
Eine Figur aus Star Wars? Irgendeine Anime-Serie?

Verarsch mich! Du bastelst?

Das hat überhaupt nichts mit übersinnlichen Fähigkeiten zu tun
Einmal zur Toilette
und schon hat man fünf neue Nachrichten

Möglich
Und ein paar Bücher über Origami

Origami ist die Kunst des Papierfaltens

Das ist viel mehr als basteln
Noch nie was von Robert J. Lang gehört?
Er ist der absolute Wahnsinn
einer der größten Origamikünstler der Welt
Eigentlich ist er Physiker
aber für sein Origami hat er extra
ein Computerprogramm entwickelt
Der faltet Papier und plötzlich
ist da ein Frosch oder ein Grashüpfer
und die sehen so aus
als würden sie gleich losspringen
Oder auch Drachen
Einhörner
als würde es sie wirklich geben

Du faltest also Frösche?

Mache ich nicht. Schwöre!

Eine Welt aus Papier also.
Dann muss es in deinem Zimmer bunt sein,
trotz der weißen Wände.
Das hätte ich nie gedacht, dass es bei dir bunt ist.

Und damit bringst du deine Stunden rum?

Alles aus einem einzigen Stück Papier
Keine Schere und kein Kleber
Einfach nur ein Stück Papier
Natürlich bin ich lange nicht so gut wie er
Meine Frösche sehen aus wie Frösche aus Papier

War klar
dass du dich darüber lustig machst

Auch Schmetterlinge oder Fische
Blauer Hase oder gelber Fuchs oder pinker Hund
Alles Mögliche
Gestern habe ich einen roten Elefanten gefaltet
Jetzt weißt du
was in meinem Regal steht
Und auf meinem Schreibtisch

Sag ich doch
Vergiss deine übersinnlichen Fähigkeiten

Lineare Gleichungen und Tiere falten?

Ich sag es jetzt einfach, okay?
Ich will echt nicht wie mein Opa klingen, aber:
Du bist jung – du solltest andere Sachen machen.
Findest du nicht?

Stopp! Nicht ich klinge wie mein Opa, sondern du.
Dein Leben klingt nach meinem Opa, und zwar komplett.
Der faltet kein Papier, aber der sammelt Tageszeitungen,
ist ja auch Papier irgendwie. Jetzt mal ehrlich,
solltest du nicht andere Sachen machen als mein Opa?

Ich meine ja nur.

Morgens gehe ich eine Stunde im Park spazieren

Dir kann man es nie recht machen
Erst bettelst du rum
dass ich mit dir schreiben soll
und jetzt machst du mich dafür runter
Was soll ich denn für Sachen machen?
Ins Freibad gehen wie deine Freunde?
Du würdest sofort jammern und heulen
weil ich dir fünfeinhalb Minuten nicht schreibe

Alle meinen ja nur
Die ganze Welt meint ja nur
Und keiner meint es böse
Nein

Ich habe dir noch nicht von meinen Zimmern erzählt.
Ich habe zwei Zimmer.

Soll ich jetzt von meinen Zimmern erzählen oder nicht?

Sozusagen.
Du kannst mich aber auch Scheidungskind nennen, wenn du willst.
Die geraden Wochen wohne ich bei meiner Mutter, das Zimmer ist ein bisschen kleiner, aber dafür hat es große Fenster.

Sie meinen ja nur
Bis sie sich irgendwann mit Raketen beschießen

Sorry

Aber ich zähle jetzt nicht die Minuten
Kannst du vergessen

28 Minuten
Zufrieden?

Du hast mir noch nicht von deinem Zimmer erzählt

Ich wusste
dass du nicht lange still sein kannst

Zwei Zimmer
Bist du etwa eine verwunschene Prinzessin
aus einer fernen Galaxie?

Und die ungeraden Wochen wohne ich bei meinem Vater.
Da teile ich mir das Zimmer mit meiner Stiefschwester.
Ich kann auf der linken Seite leben,
wie ich will, und sie auf der rechten.
Ach ja, und meine Sommerferien wurden auch
in der Mitte geteilt.
Die ersten drei Wochen gehören meiner Mutter,
die letzten drei Wochen meinem Vater.

Ich habe eine doppelte Portion Zuhause,
musst du mal so sehen.
Und sowieso sind mir die Zimmer nicht so wichtig,
weil ich eh die meiste Zeit weg bin.
Irgendwo anders oder draußen.
Wenn ich nicht gerade Hausarrest habe, versteht sich.

Ich habe im Museum alle Bilder auf den Kopf gedreht. Glaubst du?

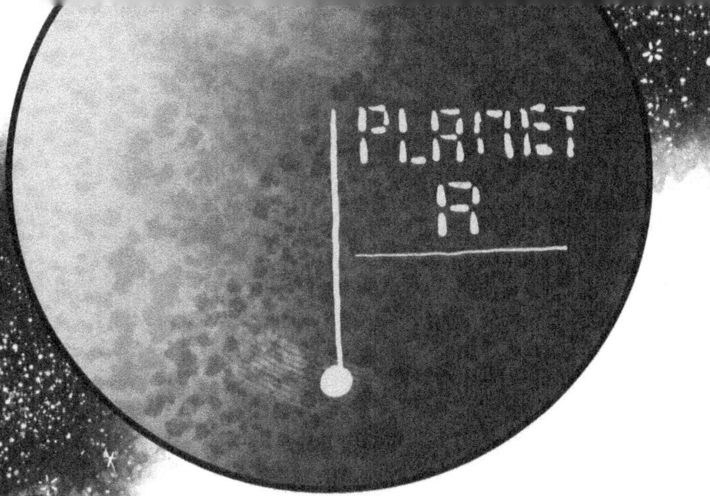

Ist das nicht manchmal seltsam?
Ich weiß schon
viele Menschen haben gar kein eigenes Zimmer
Aber ist das nicht manchmal seltsam

In zwei verschiedenen Zimmern zu wohnen?

Kann sein
Aber dass immer ein Zimmer ohne dich ist
Tagelang
Alle können rein
weil du nicht da bist
Können deine Sachen durchsuchen

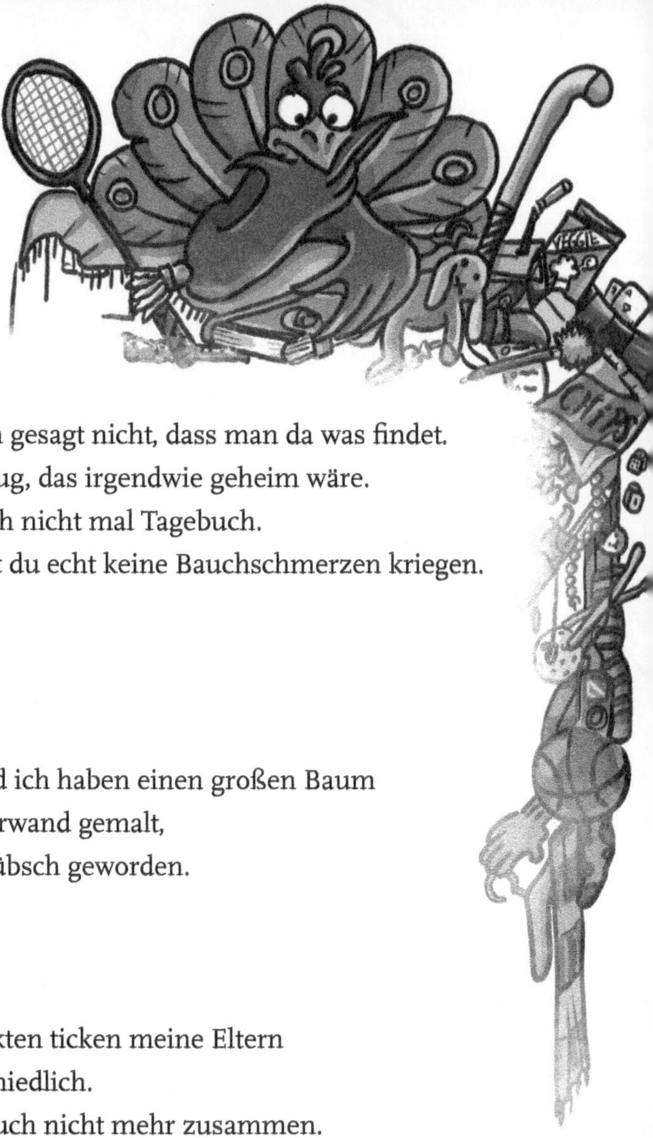

Ähm.

Ich glaube ehrlich gesagt nicht, dass man da was findet.
Hab nicht viel Zeug, das irgendwie geheim wäre.
Ich schreib ja noch nicht mal Tagebuch.
Wegen mir musst du echt keine Bauchschmerzen kriegen.

Meine Mutter und ich haben einen großen Baum
an meine Zimmerwand gemalt,
der ist wirklich hübsch geworden.

In manchen Punkten ticken meine Eltern
komplett unterschiedlich.
Aber sie sind ja auch nicht mehr zusammen.

Keine Ahnung. Was machst du gerade? Sitzt du am Schreibtisch?

Als ob sie in einen reinkriechen
und in den Eingeweiden rumwühlen
Mein Magen zieht sich zusammen
allein bei dem Gedanken

Und sehen die Zimmer gleich aus?
Sind die Wände in beiden Zimmern grün?

Deine Mutter denkt wohl nicht
dass bunte Wände total bekloppt sind

Weil deine Mutter bunte Wände mag?

Ich liege auf dem Bett
Eigentlich liege ich die meiste Zeit auf dem Bett

Ich sitze auf der Schaukel.

Ich habe eine Schaukel im Zimmer – die hat mein Vater für mich angebracht. Meine Mutter hätte das nie erlaubt. Sie erlaubt Bäume im Zimmer, aber keine Schaukeln. Meine Mutter würde sich viel zu viele Sorgen machen, dass irgendwann die halbe Decke runterkracht.
Aber ich sag dir,
eine Schaukel sollte jeder in seinem Zimmer haben.

Heute reden wir über Zimmer, nicht über Familie.
Über Familie können wir an einem anderen Tag reden.

Das ist doch keine große Sache. Wenn man es mal so überlegt:
Ein Zimmer, was ist das schon?
Beton und Holz und bisschen Tüdelü dazwischen.

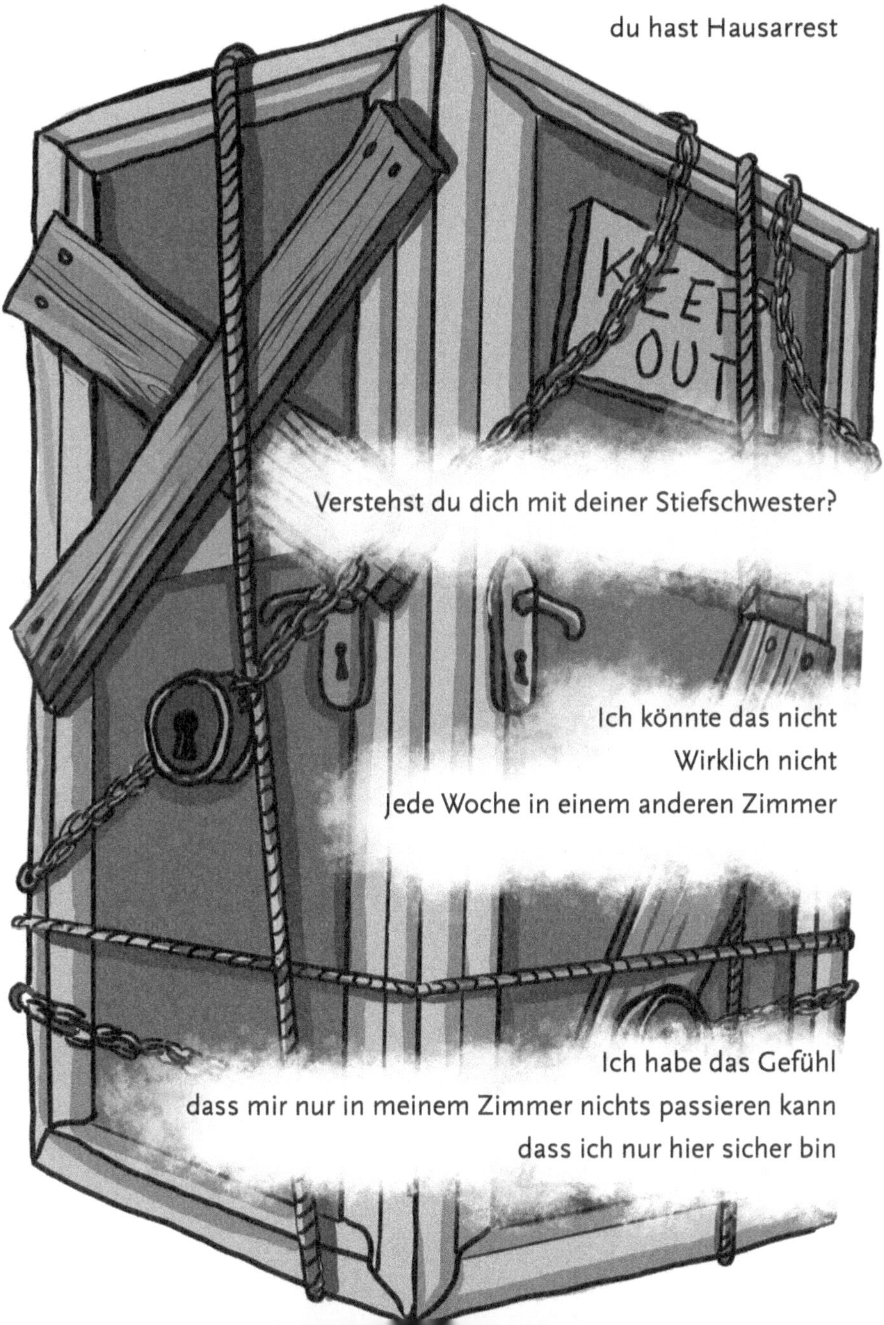

Ich dachte
du hast Hausarrest

Verstehst du dich mit deiner Stiefschwester?

Ich könnte das nicht
Wirklich nicht
Jede Woche in einem anderen Zimmer

Ich habe das Gefühl
dass mir nur in meinem Zimmer nichts passieren kann
dass ich nur hier sicher bin

Stimmt schon,
vom Auto überfahren werden kannst du da nicht.
Aber ein Komet könnte dir aufs Dach fallen.
Einbrecher, Feuer, Erdbeben.
Und wenn sie mit Raketen beschossen wird,
hilft dir deine Zimmertür auch nichts mehr.

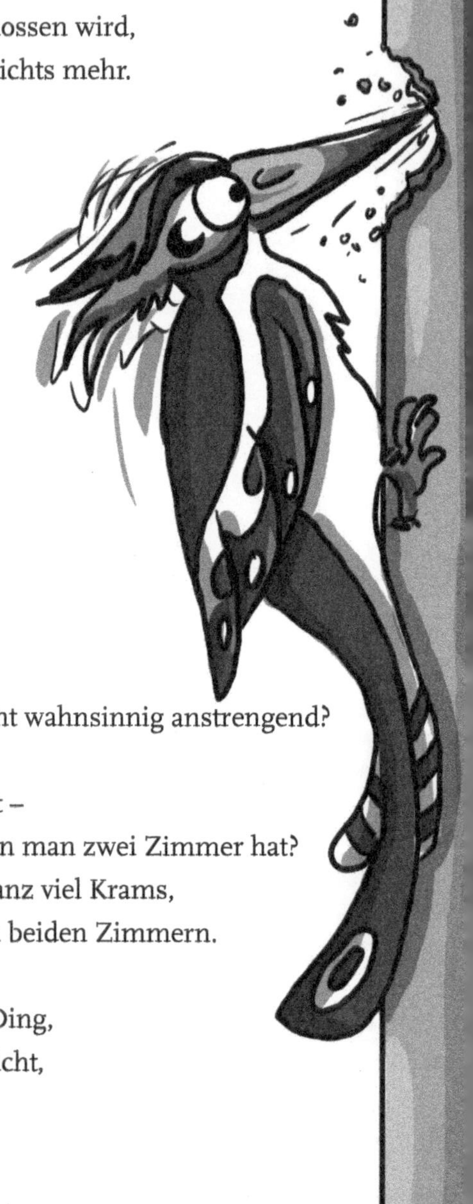

Was ist dann?

Über so etwas denkst du nach?
Schnärz die Wand an, ist das nicht wahnsinnig anstrengend?

Weißt du, was mir gerade einfällt –
was wirklich kompliziert ist, wenn man zwei Zimmer hat?
Auf meinem Schreibtisch liegt ganz viel Krams,
also auf beiden Schreibtischen in beiden Zimmern.
Und wenn ich irgendwas suche,
dann ist das ja eh immer so ein Ding,
kennst du vielleicht, oder auch nicht,
weil bei dir alles aufgeräumt ist.

Aber wenn ich hier nicht mehr sicher bin
wenn das nicht mehr der einzige Ort ist
an dem ich mich sicher fühle

Dann gibt es nur noch das Universum
Und das ist riesig
Mehr als das
unendlich

Dann suche ich Ewigkeiten in dem Chaos
auf meinem Schreibtisch rum – bis mir am Ende einfällt,
dass es sich vielleicht auf dem Schreibtisch
im anderen Zimmer versteckt.
Da könnte ich manchmal ausrasten.

Was haben deine Eltern dazu gesagt?

Ich habe vorhin diesen Robert Lang gegoogelt.

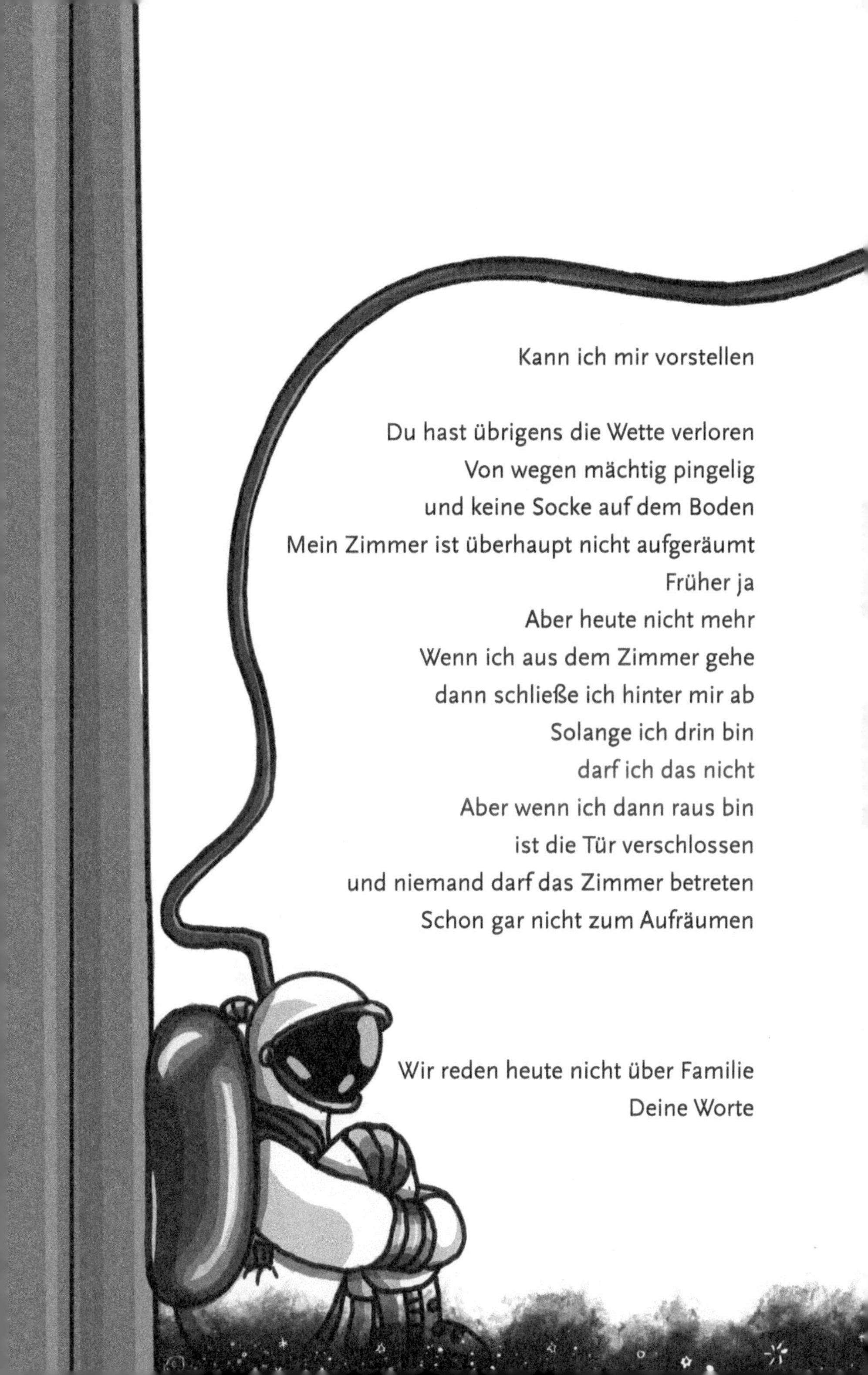

Kann ich mir vorstellen

Du hast übrigens die Wette verloren
Von wegen mächtig pingelig
und keine Socke auf dem Boden
Mein Zimmer ist überhaupt nicht aufgeräumt
Früher ja
Aber heute nicht mehr
Wenn ich aus dem Zimmer gehe
dann schließe ich hinter mir ab
Solange ich drin bin
darf ich das nicht
Aber wenn ich dann raus bin
ist die Tür verschlossen
und niemand darf das Zimmer betreten
Schon gar nicht zum Aufräumen

Wir reden heute nicht über Familie
Deine Worte

Richtig krass!

Und ich liebe seine Kolibris.

Ist das nicht unfassbar
was er macht?
Wie ein Wunder

Wir müssen ihn dann nicht die ganze Zeit mitschleppen!
Also hör endlich auf, hier unnötig Alarm zu machen.

Sorry, war nicht für dich bestimmt.

Woran hast du das denn gehört?

Könnte sein, manchmal klinge ich wie ein Rotkehlchen
und manchmal wie ein Turmfalke.

Keine Ahnung. Für irgendwen, kennst du eh nicht.
Ich habe Rumpelstilzchen seinen Namen geklaut,
glaubst du?

Weil ihm sein Name doch viel wichtiger ist.

Habe ich schon an deiner Stimme gehört
dass die Sprachnachricht nicht für mich gewesen ist

Du hast anders geklungen
Kann das nicht genau beschreiben

Wie ein Turmfalke hast du noch nie geklungen

Für wen war die Sprachnachricht?

Warum hast du nicht sein Gold genommen?

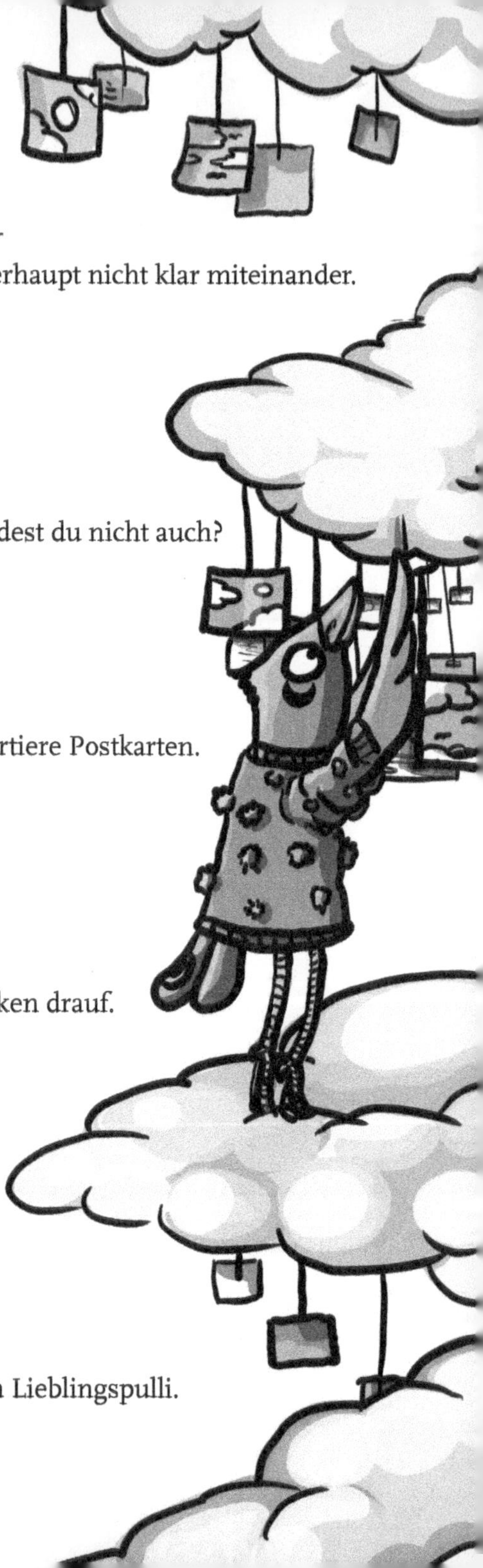

Ja, aber das gibt nur Probleme –
er und das Alpaka kommen überhaupt nicht klar miteinander.

Ja, natürlich! Was ein Glück,
dass ich zwei Zimmer habe, findest du nicht auch?
Tirili, Problem gelöst!

Ich sitze auf dem Boden und sortiere Postkarten.

Ich sammele Postkarten.
Aber nur mit Himmel und Wolken drauf.

Nicht dein Ernst! Erzähl!

Mal überlegen ... Ich habe einen Lieblingspulli.

Und lebt der Name jetzt auch in deinem Kleiderschrank?

Der Name könnte in deinem anderen Zimmer leben
Da steht bestimmt auch ein Kleiderschrank

Sitzt du wieder auf deiner Schaukel?

Es gibt Leute
die dir Postkarten schreiben?

Ich habe mich mal wieder was gefragt

Was ich mich gefragt habe
ob du ein Lieblingszimmer hast

Der ist grün mit kleinen gelben Punkten.
Und ich habe eine Lieblingspostkarte.
Der Himmel kurz vor einem Gewitter –
aber ich glaube nicht, dass ich ein Lieblingszimmer habe.

Da können wir heilfroh sein, dass ich schon ich bin –
weil dann musst du das ja gar nicht mehr sein.
Kommt wirklich schräges Zeug raus,
wenn du dich mal wieder was fragst.

Wenn man es mal so sieht – ich habe zwei Zimmer,
und das schon seit sieben Jahren.
Quasi die Hälfte meines Lebens.
Schließlich habe ich auch zwei Augen und zwei Beine.
Und ich schwöre auf alles,
ich hab mich noch nie gefragt,
ob ich mein linkes Nasenloch lieber mag als mein rechtes.

Wenn ich mir vorstelle
dass ich du wäre
dann hätte ich wohl auch kein Lieblingszimmer
Weil die Leute immer so viel denken
Wenn ich du wäre und ein Lieblingszimmer hätte
Dann würden die Leute nachher denken
ich hätte meinen Vater
lieber als meine Mutter
Oder andersrum
Und das würde ich nicht wollen
Definitiv nicht

Das muss ja furchtbar nervig sein beim Shoppen und so weiter.

Aber du hast also auch nicht plötzlich einen Lieblingsfuß,
nur weil er kleiner oder größer ist als der andere.

Du willst heute über Familie sprechen, schätze ich mal?

Joghurteis mit Himbeersoße.

Von wegen! Ich meine das absolut ernst –
Joghurteis mit Himbeersoße könnte die Welt retten.

Wie bitte?

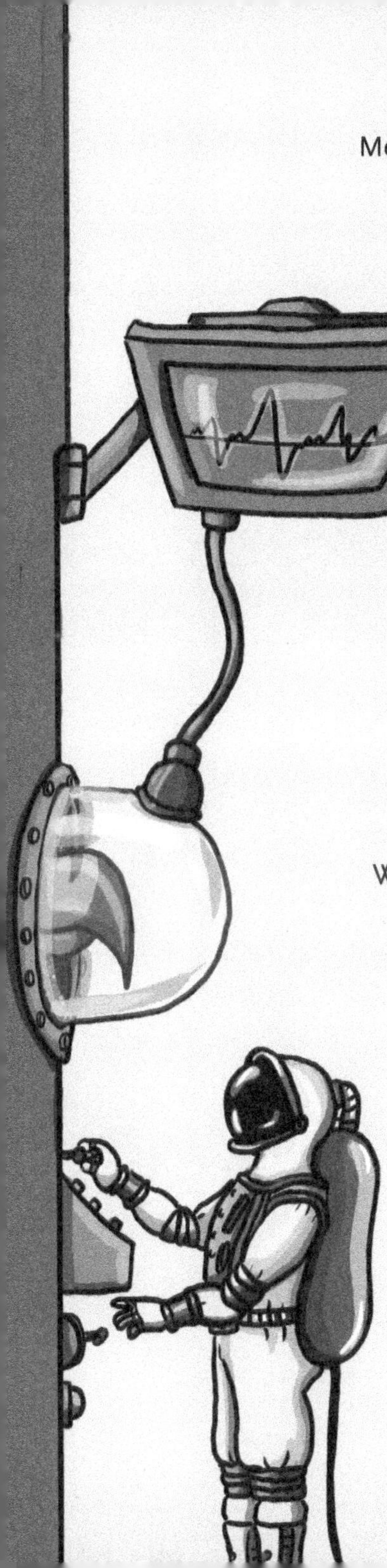

Mein linker Fuß ist fast zwei Schuhgrößen
größer als mein rechter Fuß

Man gewöhnt sich daran

Wie war das so
frage ich mich
als sich deine Eltern getrennt haben
Wie war das so für dich

Wenn du keinen besseren Vorschlag hast

Scherz
Oder nicht?

Ich habe noch nie Joghurteis gegessen

Dann gehst du jetzt sofort und ohne Umwege
zur nächsten Eisdiele.

Wer soll das sein, dieser man?
Das ist doch wieder so eine unlogische Elternregel.
Kein Eis zum Frühstück und sowieso nach dem Eis
nichts trinken, weil du sonst Bauschmerzen kriegst, angeblich.

Wir könnten auch zusammen Joghurteis essen,
wenn mein Hausarrest vorbei ist.
Ich würde voll gerne dabei sein,
wenn du das erste Joghurteis deines Lebens isst.
Natürlich mit einer Extraportion Himbeersoße.

Vor der Sommerabschlussparty zum Beispiel.
Allerdings müsstest du mich einladen,
weil ich ziemlich pleite bin.

Dann irgendwann anders, versprochen?

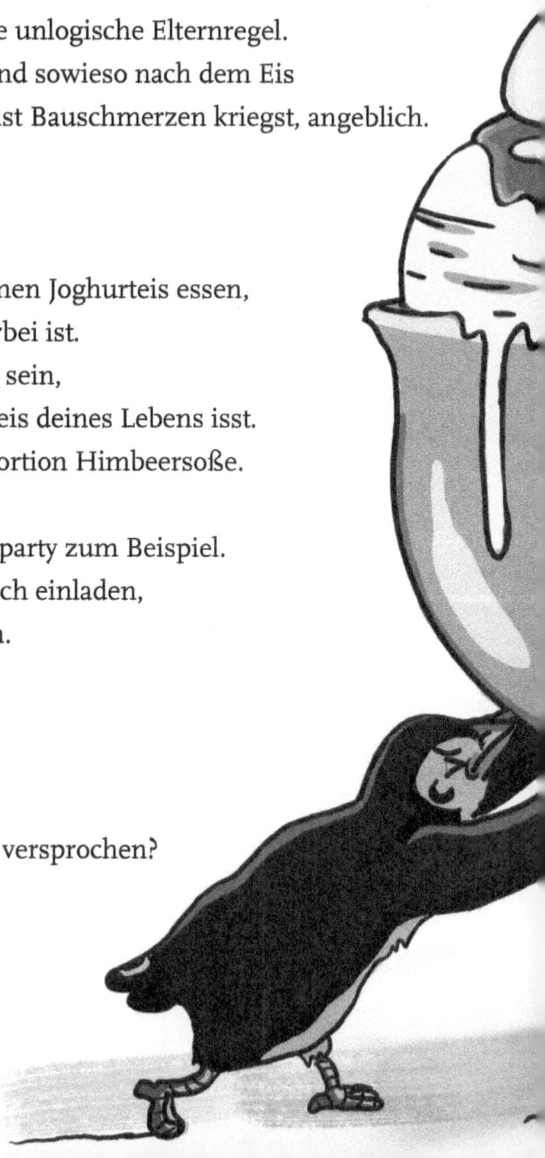

Hast du mal auf die Uhr geguckt?
Man isst kein Eis zum Frühstück

Ich mache das später

Du weißt doch
dass ich da nicht hingehe

Na gut
Versprochen

Ich könnte stundenlang über Joghurteis
mit Himbeersoße reden, aber gut,
wie du willst, reden wir über Familie. Schnarch!

Wo steckst du?

Warst du auf dem Klo?
Ist doch egal, du schreibst ja nur.
Bei mir wäre das problematischer,
mit den Sprachnachrichten,
weil da würdest du wahrscheinlich Sachen hören,
die dich nachhaltig verstören könnten.
Aber du, du schreibst ja nur, ist doch egal.

Du wolltest vorhin wissen,
wie das war, als sich meine Eltern getrennt haben.

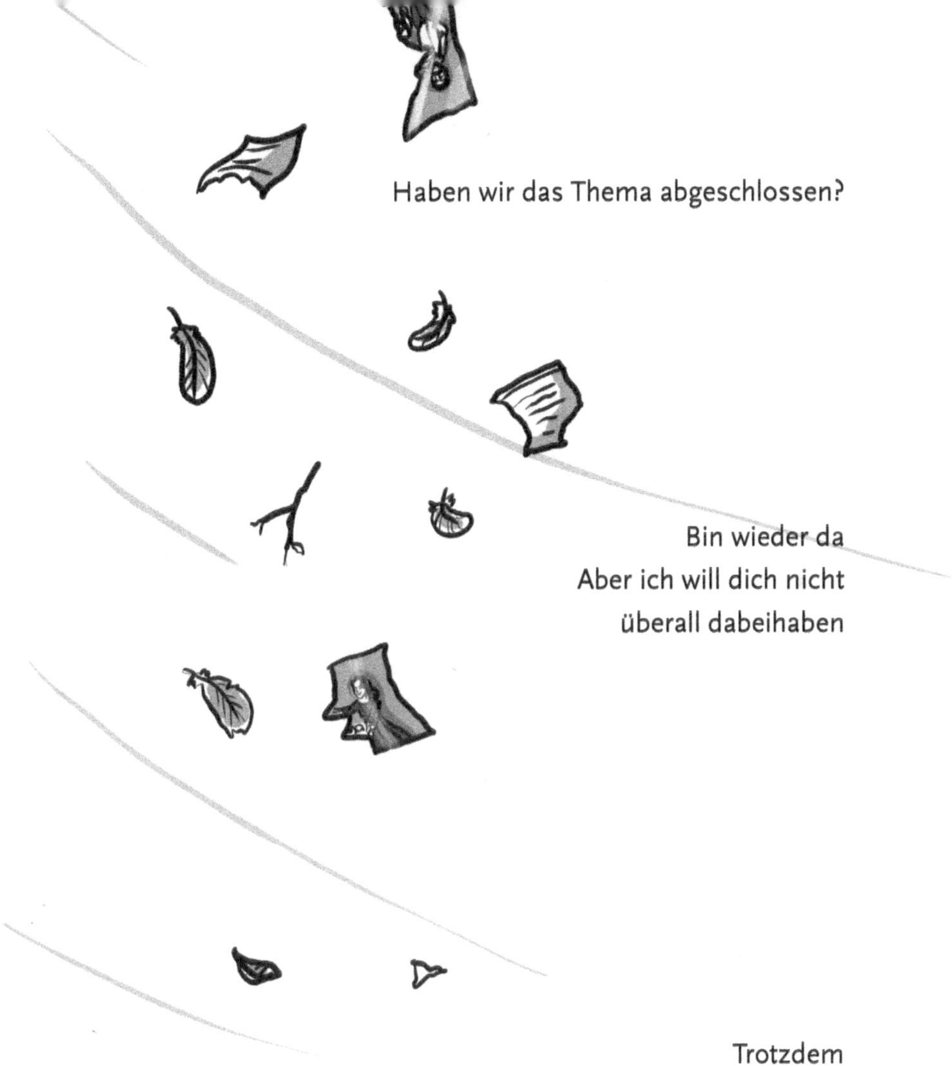

Haben wir das Thema abgeschlossen?

Bin wieder da
Aber ich will dich nicht
überall dabeihaben

Trotzdem

Jetzt habe ich den Faden verloren

Ich frage mich manchmal
wie sich das wohl anfühlt

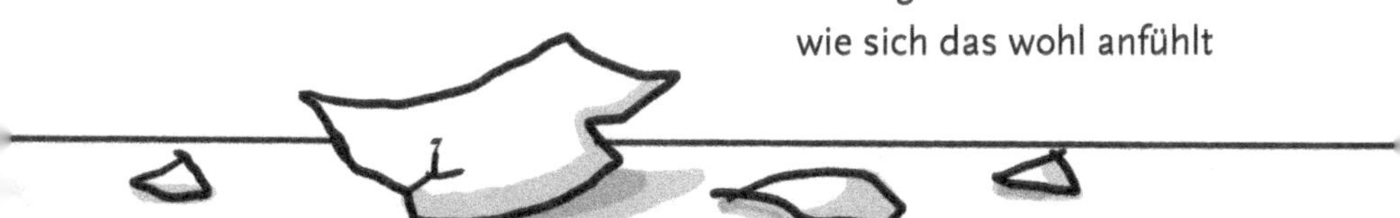

So genau weiß ich das gar nicht mehr.
Ist schließlich ein halbes Leben her.
Und fühlt sich eh für jeden anders an,
denke ich mir. Meine Eltern haben viel gestritten,
also vorher schon, seit ich denken kann eigentlich.
Als Kind dachte ich, das muss so sein.
Dass Eltern sich ständig streiten, weißt du?
Wenn ich bei irgendwelchen Freunden gespielt habe,
konnte ich es gar nicht fassen, wie leise es bei denen war.
Und als sich meine Eltern getrennt haben,
hat es aufgehört. Also nicht sofort.
Ein paar Wochen war es richtig schlimm,
vielleicht waren es auch Monate,
das verschwimmt irgendwie, aber dann wurde es besser.
Dann wurde es auf jeden Fall besser.

Du warst ja auch erst sieben Jahre alt.
Vielleicht hast du was gesehen
und es noch nicht verstanden.

Schon seltsam
ich saß damals jeden Tag
zwei Tischreihen hinter dir
und trotzdem
habe ich nichts davon gesehen

Bist du froh
dass deine Eltern nicht mehr zusammen sind
Weil das Streiten aufgehört hat?

Was heißt hier froh?
Froh klingt so nach Blockflöten
und Weihnachtsliedern, findest du nicht?
Im Nachhinein fühlt es sich richtig an,
dass sie das gemacht haben.
Nur in dem Moment weiß man das natürlich noch nicht,
in dem Moment weiß man noch nicht,
dass es besser wird,
denn alle um dich rum reden ja nur davon,
dass es das Ende von was ist,
und dieses Ende baut sich vor dir auf wie so ein Hochhaus,
ein Stockwerk und dann noch ein Stockwerk,
immer weiter, bis es in den Wolken verschwindet
und du gar nichts mehr sehen kannst,
deshalb hat sich das damals für mich so angefühlt –
keine Ahnung.

Kann schon sein.
Obwohl es bei uns in der Klasse ja viele
mit getrennten Eltern gab, wenn du dich erinnerst.
Ich wusste schon, dass das passieren kann
und dass es irgendwie weitergeht.
Trotzdem musste ich die Mathearbeit schreiben
oder durfte das Kakaogeld nicht vergessen.
Den Weltuntergang stelle ich mir da schon anders vor.

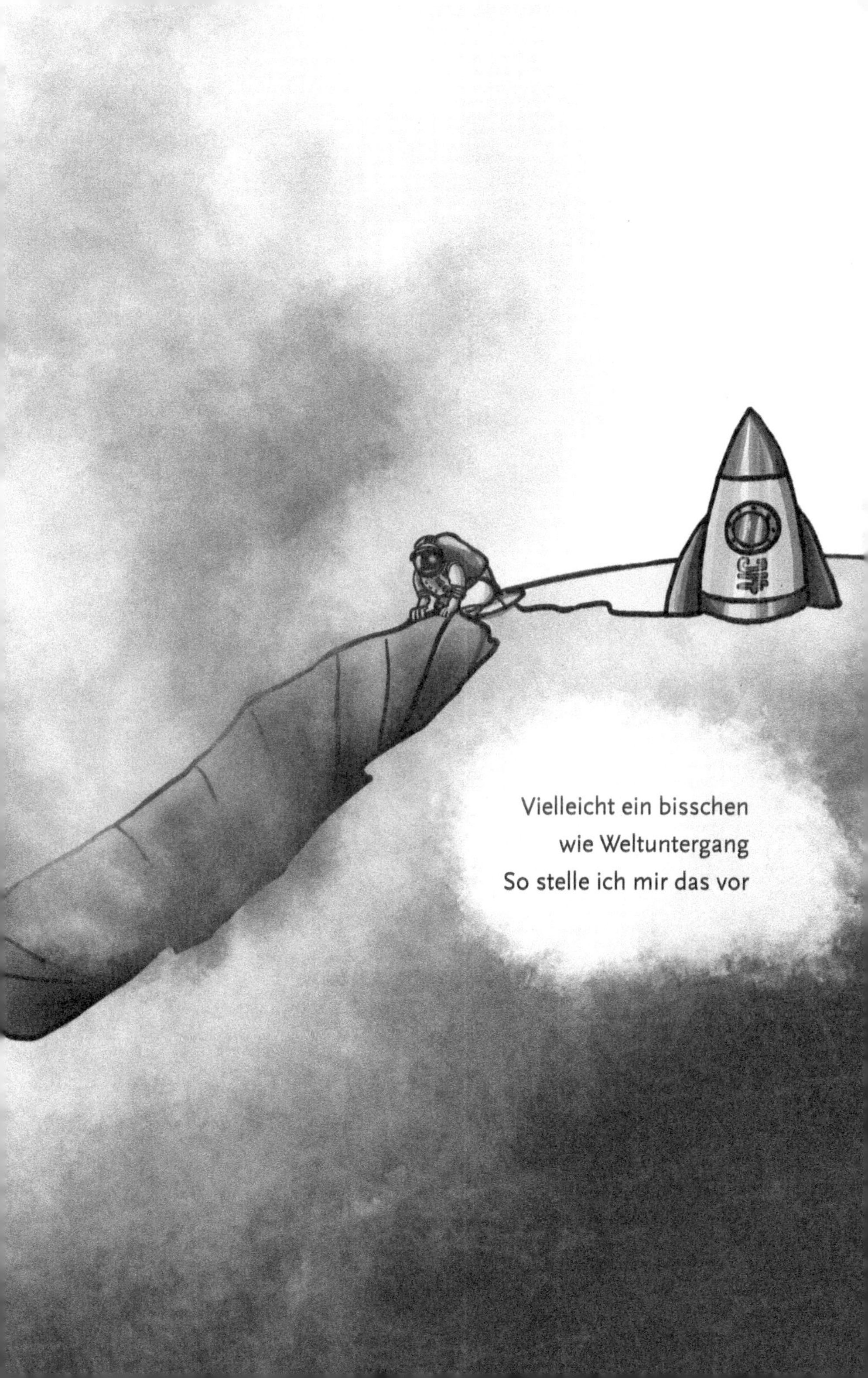

Vielleicht ein bisschen
wie Weltuntergang
So stelle ich mir das vor

Vielleicht hat er deshalb seine Popel gegessen.

Stimmt. Die Eltern von Dina, Serkan und Benard
waren auch nicht mehr zusammen.
Und die haben keine Popel gegessen.

Ist sowieso eine komische Annahme,
dass man seltsame Dinge machen muss,
weil sich die Eltern getrennt haben.

Klar darf man traurig sein.

Ich glaube, Ella hat komische Sachen gemacht,
weil sich ihre Eltern nicht getrennt haben.

Die wollte nie in ihr Arbeitsheft schreiben,
weil es dann schmutzig wird, hat sie gesagt.
Und sie hatte immer Süßigkeiten dabei,
aber nie was abgegeben.

Deine Eltern sind noch zusammen, oder?

Die Eltern von Boris waren getrennt

Vielleicht haben sie ihm aber einfach nur geschmeckt

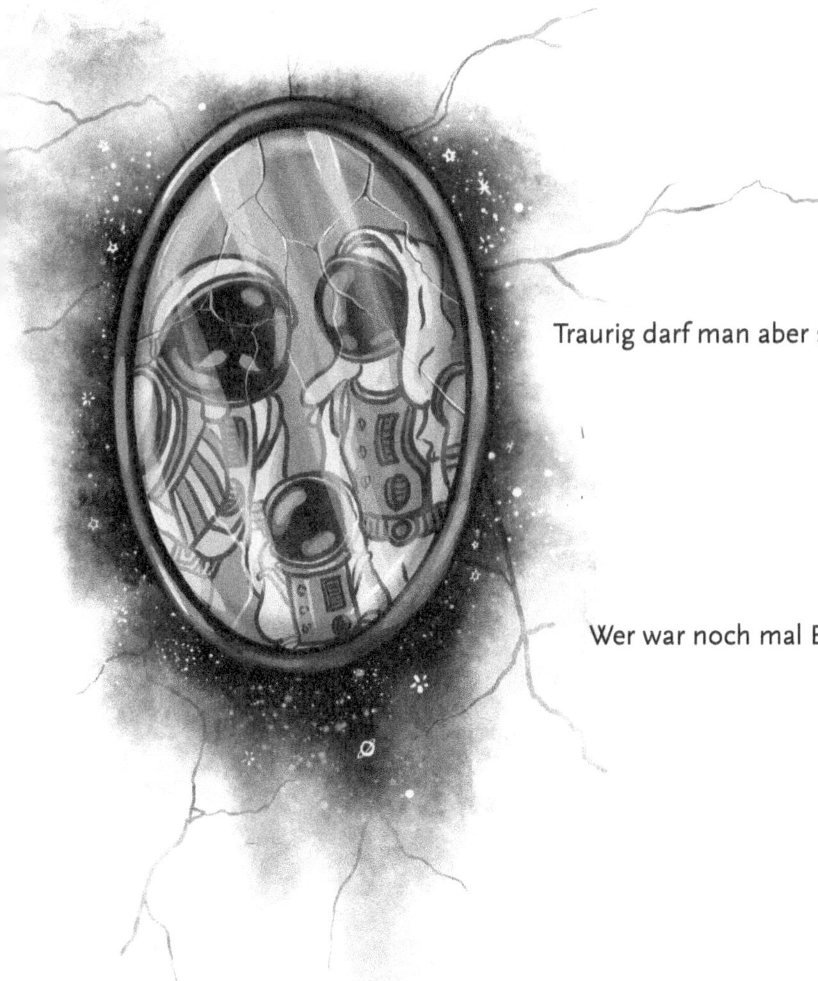

Traurig darf man aber sein

Wer war noch mal Ella?

Warum hast du deine Eltern nicht gefragt,
was damals los gewesen ist?

Verdammt noch eins, und wie dich das was angeht!
Schließlich wohnt ihr zusammen,
und du bekommst alles mit.
Logisch, nicht alles, aber Wortfetzen und Schwingungen
und Blicke und sonst was.
Wir sind doch keine Kleinkinder mehr,
die man mit einem Lolli beruhigen kann.
Das kapiert nur keiner.

Meine Eltern streiten sich nie
Eigentlich

Aber vor ein paar Jahren
vor vier Jahren im Februar
um genau zu sein
ist mein Vater ausgezogen
War wochenlang weg
Geschäftsreise
so haben sie das genannt
Ich habe ihnen das keine Sekunde lang abgekauft
Seitdem befürchte ich
beim nächsten Mal
beim nächsten Mal kommt er nicht zurück

Weil mich das nichts angeht

Hast du deine Eltern gefragt

Ach, bei Erwachsenen muss ja immer alles
schrecklich kompliziert sein
und um tausend Ecken rum,
aber die grobe Zusammenfassung lautet wohl,
dass sie verschiedene Dinge wollten.
Meine Mutter wollte eine große Familie,
und mein Vater wollte lieber seine Ruhe.

So ungefähr schon, würde ich sagen.
Meine Mutter ist ziemlich schnell mit Bruno
zusammengekommen.

Ich sage einfach Bruno zu ihm.
Und ein Jahr später kam dann mein Bruder auf die Welt,
also mein Halbbruder,
aber Halbbruder klingt auch blöd, finde ich.
Er ist jetzt sechs Jahre alt, und die Zwillinge sind vier.

Mein Vater hat irgendwann Wera kennengelernt,
Wera ist die ruhigste Person, die du dir vorstellen kannst.
Und ich bin zu Anna ins Zimmer gezogen –
Anna ist Weras Tochter.

warum sie nicht mehr zusammen sind?

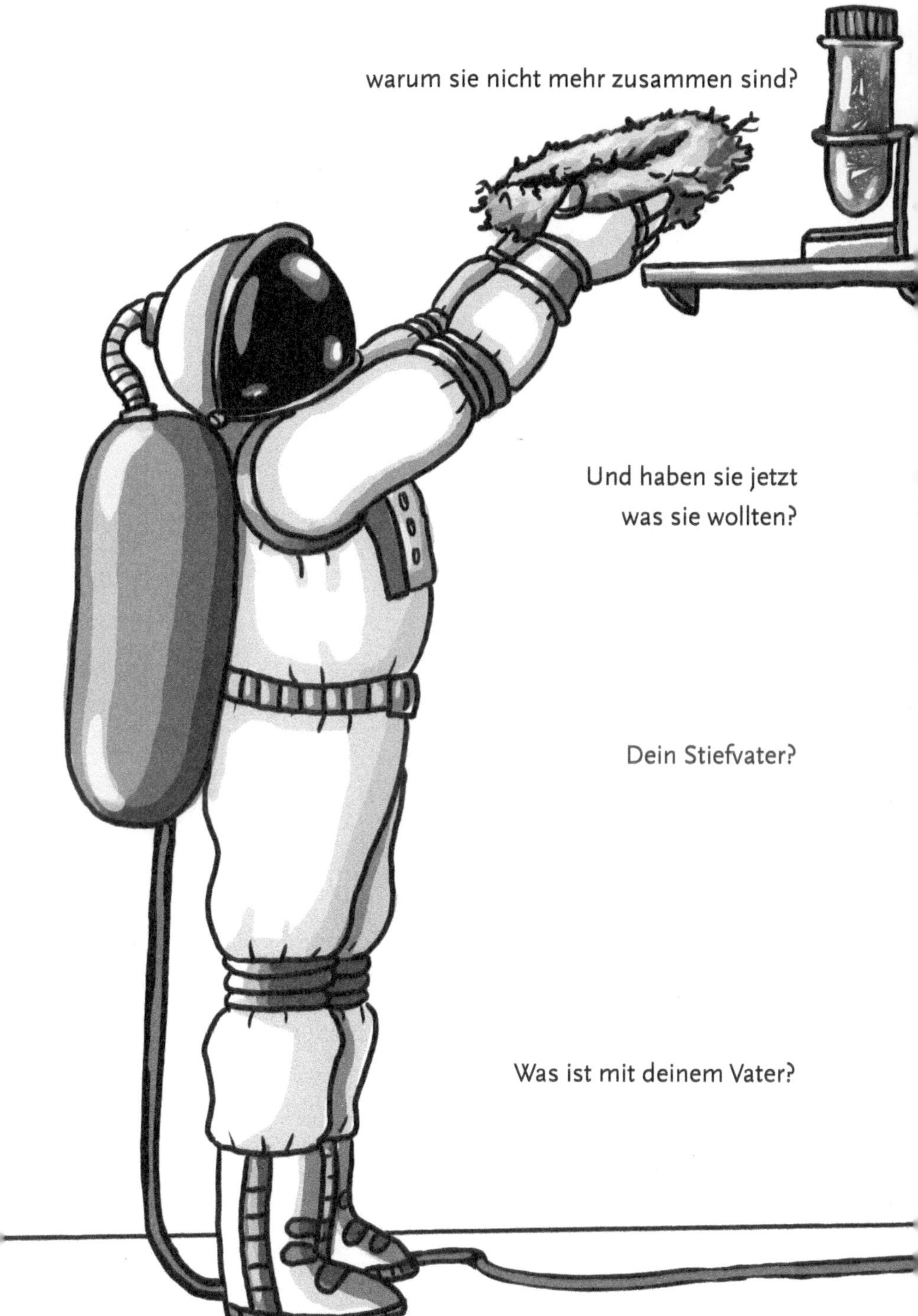

Und haben sie jetzt
was sie wollten?

Dein Stiefvater?

Was ist mit deinem Vater?

Damals war sie dreizehn und ich erst acht.
Ich fand das wahnsinnig aufregend,
mit ihr ein Zimmer zu teilen.
In meinen Augen war sie schon voll erwachsen,
hat sich die Lippen rot geschminkt
und BHs getragen. Dabei war sie ein Jahr jünger als ich heute.
Und ich bin noch so überhaupt nicht erwachsen,
ich meine, ich habe zwei Wochen Hausarrest,
wie wenig erwachsen kann man sein?!
Anna fand das zweitausend Prozent furchtbar,
als plötzlich mein Bett in ihrem Zimmer stand.
Sie fand mich richtig nervig, war ich wahrscheinlich auch.

Jetzt ist sie für ein paar Tage bei einer Freundin, und ich
habe das Zimmer für mich allein. Sonst wäre sie garantiert
ordentlich genervt von mir –
wegen der ganzen Sprachnachrichten.

Aber ziemlich witzig, oder?
Ich bin in der einen Woche
die große Schwester von drei kleinen Brüdern
und in der anderen die kleine Schwester von Anna.

Du nervig?
Nicht in tausend Jahren
Scherz

Als ob du zwei Leben hättest
Sich jede Woche wieder anzupassen

Kein Wunder, dass du nicht fliegen kannst,
so schwer wie deine Gedanken immer sind.
Es wird nie langweilig, das ist doch die Hauptsache.
Du weißt ja, Langeweile und ich,
das geht gar nicht zusammen.
Außerdem ist immer jemand da.
Als ich zum ersten Mal meine Tage bekommen habe,
das willst du jetzt wahrscheinlich gar nicht hören, oder? –
egal, als ich meine Tage bekommen habe,
konnte ich da besser mit Wera drüber sprechen.
Dafür kann ich mit meiner Mutter aus dem Nichts lossingen,
egal wo wir gerade sind,
ob wir an der Haltestelle auf den Bus warten
oder an der Supermarktkasse stehen.
Das kann ich mit niemandem so gut wie mit meiner Mutter.

Vielleicht wäre ich dann auch überfordert.
Das einzige Kind und alle Augen immer auf dich.

Von einem Zimmer ins andere
Von einer Haut in die andere

Kommt man nicht durcheinander?
Ist kleine Schwester
obwohl man gerade große Schwester sein soll?
Das würde mich überfordern

Ich bin ohnehin
mit allen Dingen überfordert
auch mit einer einzigen Familie
Und ich habe noch nicht mal Geschwister

Du solltest sie fragen.
Du solltest deine Eltern fragen, was damals los gewesen ist.

Du denkst nach vier Jahren noch daran.
Also ist es eine große Sache.

Keine Ahnung. Du lenkst ab!

Dann sprechen wir uns morgen.

Ich weiß nicht
Ist keine große Sache

Was gibt es heute bei euch zum Abendessen?

Ich muss es unter mein Kopfkissen legen
und eine Nacht darüber schlafen

6

Ich habe die Formel für Weltfrieden gefunden
und wurde vom Geheimdienst geschnappt. Glaubst du?

Und?

Hast du deine Eltern gefragt?
Wegen der Dienstreise damals?

Bei dir ist nie jetzt, bei dir ist immer später.
Ist dir das schon mal aufgefallen?

Nur damit ich hier gerade alles richtig kapiere,
streiten wir etwa?

Ich dachte
die Formel für Weltfrieden lautet
Joghurteis

Was und?

Sie arbeiten heute
Ich frage später

Du erzählst immer viele Sachen
und sagst oft nichts
Schon mal aufgefallen?

Könnte sein

Alles klar! Was soll dieses Geseiere so von wegen,
dass ich nichts sage?
Ich habe überhaupt gar kein Problem damit,
irgendwas zu sagen, das mache ich die ganze Zeit –
und du, du redest kein Wort und schreibst nur,
also laber mich nicht voll!

Dafür hast du jetzt sieben Minuten geschrieben?
Für Hirnriss?
Musstest du erst absurde Worte googeln, oder was?
Und mal im Ernst, du sagst mir,
dass ich mich verstecke?
Der Witz des Jahrtausends von einem,
der nie sein Zimmer verlassen will.

Hallo?

Hallo??

Mit dir kann man sich gar nicht streiten,
weil du dann direkt zwei Stunden verschwindest.

Dann sag
warum du Hausarrest hast und versteck dich nicht
hinter Rumpelstilzchen
und Geheimdiensten
und dem ganzen Hirnriss

Vom Streiten bekomme ich Bauchschmerzen

Ich dachte, die bekommst du vom Gedanken,
dein Zimmer allein zu lassen.

Immer doch, hau raus! Obwohl es natürlich
nicht so spektakulär sein kann wie die Formel für Weltfrieden.

Schnärz die Wand an, du hast Ellas Freundebuch gefunden –
wieso hast du das denn immer noch?
Das ist doch Jahre her!

Hattest du Bauchschmerzen?

Davon auch
Ich habe ziemlich oft Bauchschmerzen

Soll ich dir verraten
was ich heute Nacht gefunden habe?

Als du gestern Ella erwähnt hast
da ist es mir wieder eingefallen
ihre Arbeitshefte durfte niemand anfassen
aber in ihr Freundebuch
sollte die gesamte Klasse schreiben

Ich war überfordert
Wie mit allen Dingen

Wahrscheinlich hatte ich auch Bauchschmerzen

Wann genau hast du ihr Freundebuch bekommen?

Und dann hast du es ihr nie zurückgegeben,
weil dir deine Antworten nicht gefallen haben?

Ich habe das Buch ausgefüllt
sofort
als sie es mir gegeben hat

Dann fand ich die Antworten blöd
Nicht alle
aber die meisten
Und konnte sie nicht wegradieren
dumme Sache
ich hatte mit Kugelschreiber geschrieben

In der dritten Klasse

Ein Jahr
zwei Monate
und dreizehn Tage
um genau zu sein
Ella hat mich siebzehnmal darauf angesprochen
bis ich ihr ins Gesicht gelogen habe
Ich habe es verloren
habe ich ihr erzählt
und von meinem Taschengeld ein neues Buch gekauft

Aber erst am Ende der vierten Klasse
am letzten Tag der Grundschule

Da habe ich über ein Jahr mit euch
im gleichen Klassenzimmer gesessen und nichts gesehen.

Wetten, dass ich meine Antworten noch weiß!
Wie alt waren wir da, neun Jahre?

Habe ich nicht!

Absolut!

Auweia, das war die schlimme Trixie-Phase.
Komplett verdrängt!
Ich habe den Namen damals so sehr geliebt,

habe ich ihr das neue Buch gegeben
damit sie es mir nicht noch einmal
zum Ausfüllen
in die Hand drücken kann

Gesehen vielleicht
aber nicht verstanden

Du hast auch reingeschrieben
übrigens

«Spitzname?»

Sicher?

Hier steht Trixie

und ich war mir sicher,
wenn ich ihn in solche Bücher schreibe,
dann nennen mich die Leute irgendwann so. Ist nicht passiert.

Hattest du einen Spitznamen?

Hatte überhaupt irgendwer einen Spitznamen?

In seinen Träumen vielleicht. Was war das Nächste?

Wenn das die Trixie-Phase war,
dann garantiert singen, tanzen und schauspielen.

Im Ganztag war ich in der Theater-AG,
aber die Leiterin wollte immer nur Märchen
mit uns machen.
Ich vergeude mein Talent doch nicht an Rotkäppchen, habe ich
rumgemotzt und bin nach ein paar Wochen ausgestiegen.
Ich schätze, das war dann auch so ziemlich
das Ende meiner Trixie-Phase. Was steht bei dir?

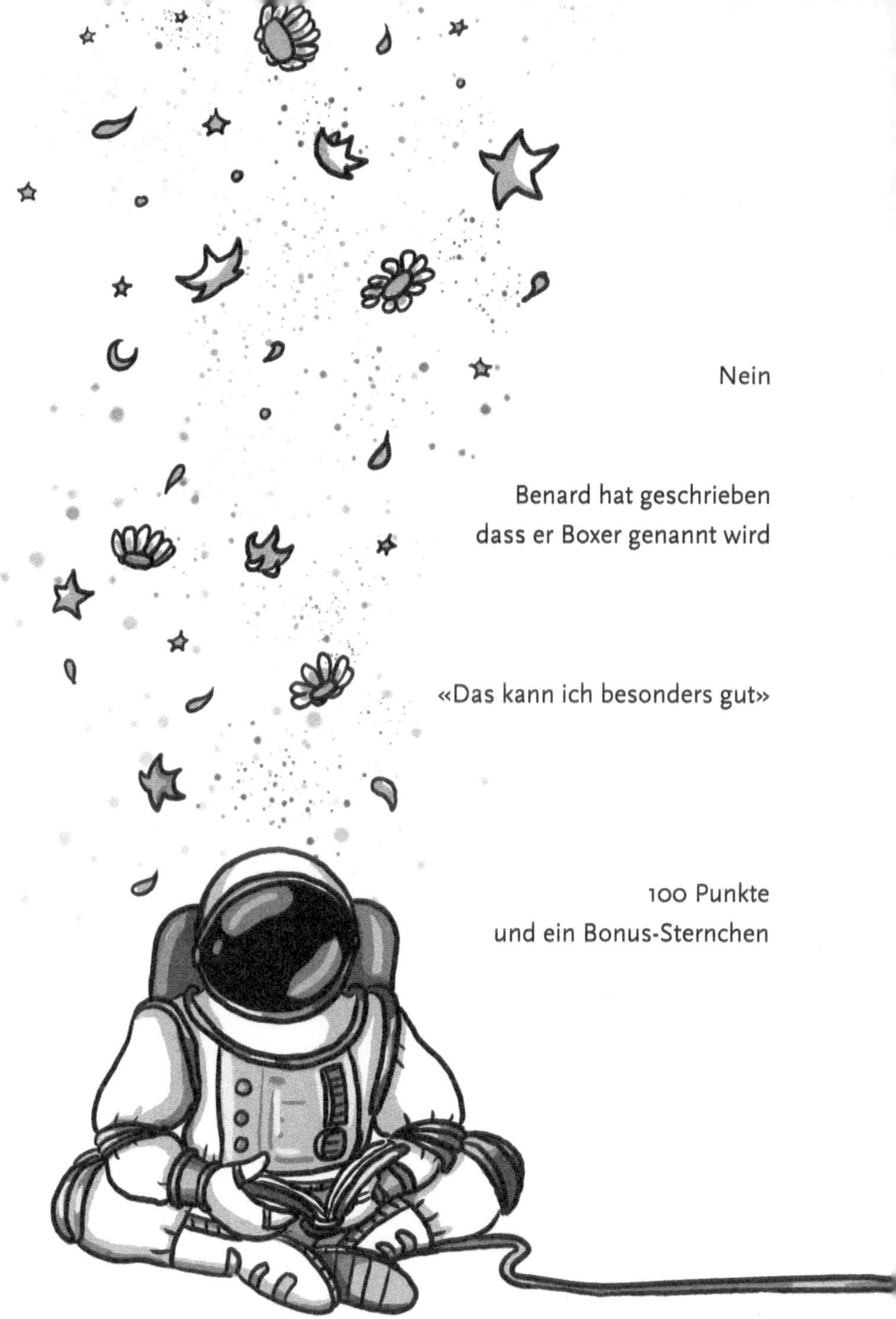

Nein

Benard hat geschrieben
dass er Boxer genannt wird

«Das kann ich besonders gut»

100 Punkte
und ein Bonus-Sternchen

Das würdest du jetzt wohl nicht mehr schreiben.

Mathe steht bei mir, oder?

Inzwischen mag ich Brokkoli. Was hast du geschrieben?

Ich suche weiter und lasse mir die Formel
dann nicht mehr wegnehmen.
Das schwöre ich dir mit einer Hand auf Ellas Freundebuch!

Bei mir steht garantiert Sängerin und Schauspielerin.

Mathe

Früher waren es nur Zahlen
da war alles in Ordnung
aber seit es auch Buchstaben gibt
bin ich raus

«Was ich nicht mag»

Und Brokkoli

Krieg
Den Gedanken an Krieg fand ich schon immer schrecklich
Es würde mich wirklich glücklich machen
wenn du die Formel für Weltfrieden findest

«Traumberuf»

Ich weiß nicht so genau.
Irgendwas mit Menschen, denke ich,
weil mit Menschen kann ich ganz gut. Und du?

Dann schreiben wir solange Origamikünstler hin,
bis du dir wieder was anderes vorstellen kannst.

Du oder ich?

Keine Ahnung. Was war die nächste Frage?

Und heute?
Ohne Trixie?

Ich denke nur
bis zur Mathenachprüfung
Die Zukunft danach
kann ich gerade nicht sehen

«Lieblingsessen»
Salamipizza

Wir zwei

Meine Mutter hat gestern vegane Pizza gemacht
Hast du schon mal vegane Pizza gegessen?

«Mein Kuscheltier heißt»
Ich habe Heinz hingeschrieben
und danach festgestellt

Das ist aber auch eine fiese Frage. Und wer ist Heinz?

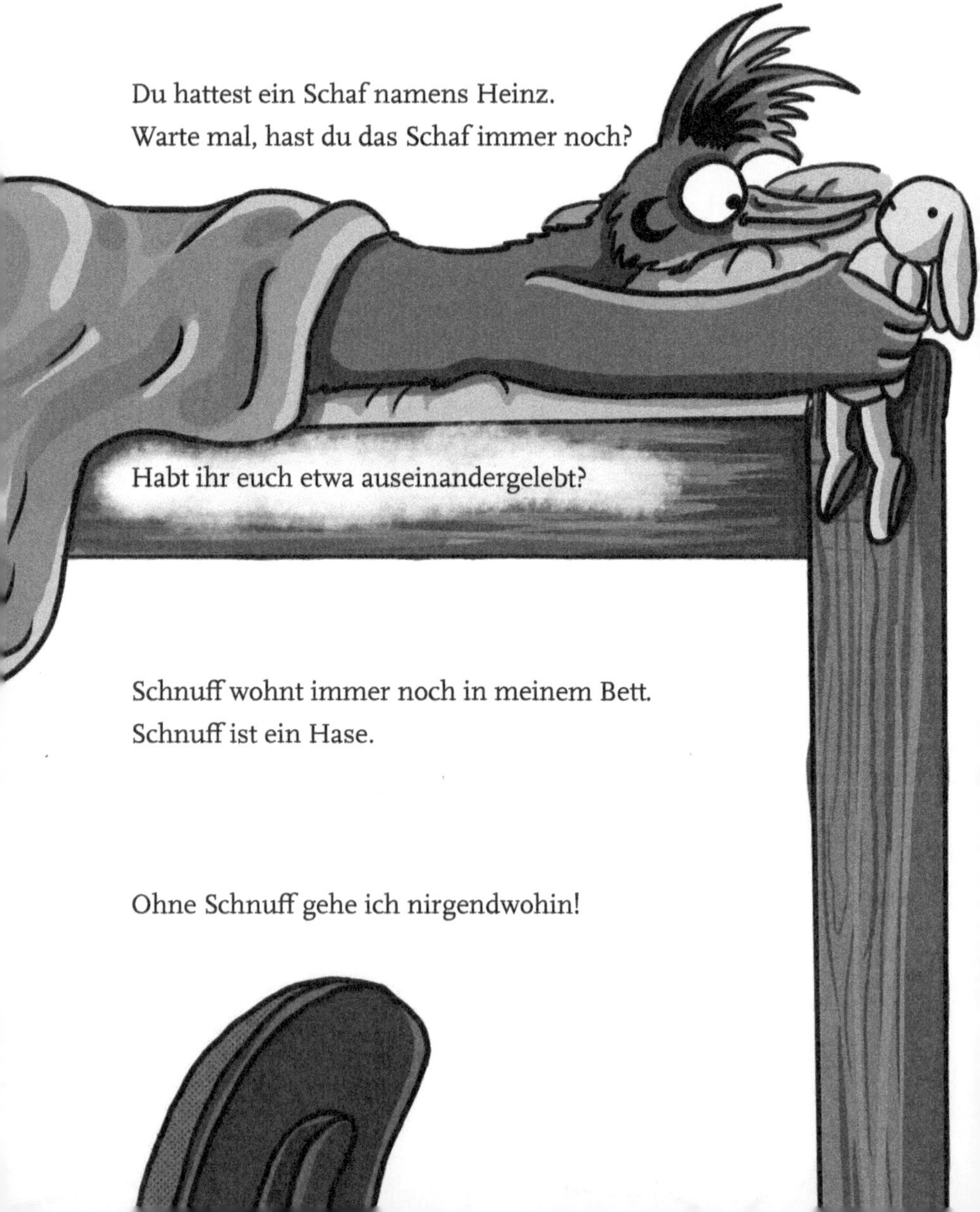

Du hattest ein Schaf namens Heinz.
Warte mal, hast du das Schaf immer noch?

Habt ihr euch etwa auseinandergelebt?

Schnuff wohnt immer noch in meinem Bett.
Schnuff ist ein Hase.

Ohne Schnuff gehe ich nirgendwohin!

dass ich der Einzige aus der gesamten Klasse gewesen bin
der dieses Feld ausgefüllt hat

Ein Schaf

Bei dir wohnt ein imaginäres Alpaka im Schrank
Also kein schlechtes Wort über Heinz
oder du kannst dich ohne mich langweilen

Heinz lebt jetzt im Regal neben den Mangas

Er hat sich nicht wirklich weiterentwickelt
in den letzten Jahren

In beiden Betten?

«Lieblingswort»
Sommerferien

Deins oder meins?

Ich befürchte schon.
Wenn ich etwas richtig super fand, habe ich gerufen:
«Das ist ja böderömtömtöm.»
Hat sich aber auch nicht durchgesetzt.

Ha! Postkarten. Das war damals so und wird immer so sein.

Bei dir ist es ja logisch. Dein Zimmer.

Aber mir würdest du es schon sagen, oder?

Ach, das hatte ich mir ausgedacht,

Dein Lieblingswort war
böderömtömtöm

War das so eine Sache wie mit Trixie?

«Ich sammele»

«Dein Lieblingsversteck»

Ich würde nie jemandem mein Lieblingsversteck verraten
Schon gar nicht Ella

Muss ich noch überlegen
Du hast Baumhöhle geschrieben

weil Baumhöhle wie Abenteuer klingt.

Wahrscheinlich habe ich mir da auch irgendwas ausgedacht.

Ich habe kein Lieblingszimmer, das weißt du doch.

Ich liebe Rapsfelder. Wenn die ganze Welt um mich herum leuchtet, da könnte ich glatt heulen vor Glück. Nächste Frage!

Ich rate jetzt mal, was bei dir steht.
Drei Versuche. Spinne?

Schlange?

Krokodil!

Hast du einen Lieblingsort?

Die Frage stelle ich dir jetzt
die stand nicht in dem Buch

Es muss kein Zimmer sein

«Vor diesem Tier habe ich Angst»

Nein

Nein

Nein

Dann sag.

Dein Ernst?

Ein Haus mit riesigem Garten.
Und einem Swimmingpool, kein Zweifel!

Dann wäre mir sogar der Hausarrest egal, wenn ich einen Pool im Garten hätte.

Fändest du das schade?

Du musst gar nicht antworten.
Wir würden nämlich trotzdem quatschen.
Ich würde dabei nur auf einer Hollywoodschaukel am Pool sitzen.

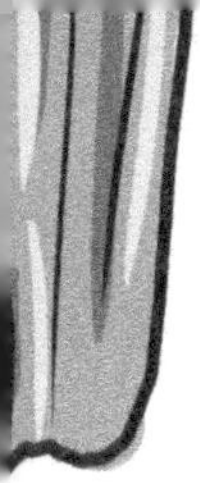

Ziege

Nicht Ernst
sondern Melody
So hieß eine Ziege im Streichelzoo
Melody hat mich gebissen
In meinen kleinen Finger

«Wenn ich ganz viel Geld hätte»

Wir würden nicht reden
miteinander

Stinkekäse und gekochte Eier.
Wenn man mit mir befreundet sein will,
dann darf man keinen Stinkekäse essen und schon gar
keine gekochten Eier. Mit allem komme ich klar,
aber damit nicht.

Glück und Gesundheit?

Das ist immerhin ein bisschen originell, oder nicht?
Glück und Gesundheit ist doch so ungefähr
wie nichts wünschen.
Was hast du geschrieben?

Geschieht Ella recht. Mehr Fantasie hat sie auch nicht verdient.

«Das Ekligste
was ich je gegessen habe»

Und zum Schluss
«Das wünsche ich dir»

Schokobrunnen

Glück und Gesundheit

Was ich mich frage
Wir haben alle in Ellas Freundebuch geschrieben
obwohl niemand mit ihr befreundet war
Woran merkst du denn
dass du mit jemandem befreundet bist
frage ich mich

Wenn du Stinkekäse magst und hart gekochte Eier,
aber sie niemals essen würdest, wenn ich dabei bin.

Das macht die Sache noch einfacher. Oder zum Beispiel,
wenn man gemeinsam Pläne macht.
Das ist auch ein Zeichen dafür,
dass man miteinander befreundet ist.

Das ist nah dran an Pläne machen!

Und wir verraten uns Dinge,
die andere nicht von uns wissen.
Ich meine, du hast mir von Heinz erzählt –
das fühlt sich schon fast wie Freunde an.

Bis zum Ende vom Hausarrest sind es noch sechs Tage.

Offiziell genehmigt!

Ich hasse Stinkekäse

Wir werden irgendwann
zusammen
Joghurteis essen

Dabei kennen wir uns so richtig
erst seit fünf Tagen

Du darfst also auf die Sommerabschlussparty?

Alle werden darüber sprechen,
wenn am Montag die Schule wieder anfängt.
Stört dich das nicht, wenn du dann nicht dabei gewesen bist?

Wenn du willst, könnten wir als Freunde
auf die Sommerabschlussparty gehen.

Überleg's dir einfach.

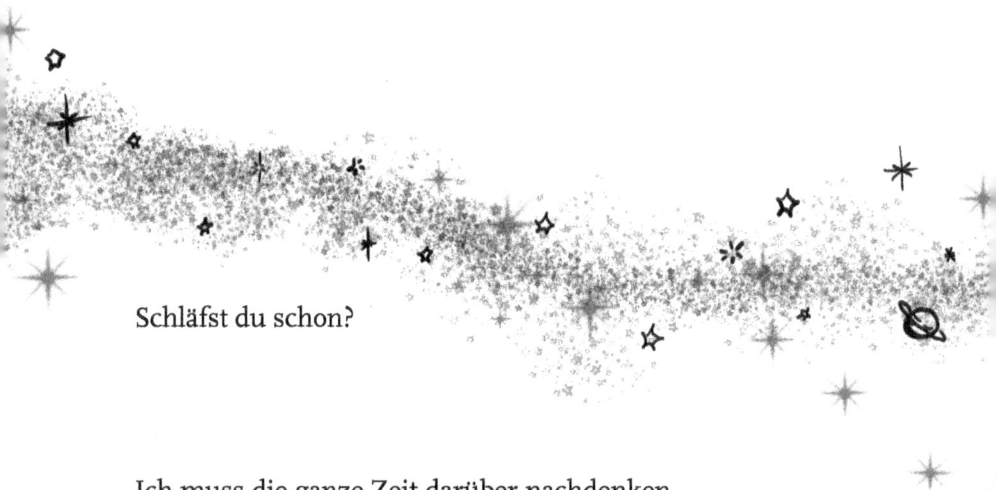

Schläfst du schon?

Ich muss die ganze Zeit darüber nachdenken.
Über die Sache mit dem Lieblingszimmer
und den zwei Leben –
und wie sich das wirklich anfühlt für mich.
Ich befürchte, meine Eltern sind manchmal echt froh,
dass sie zwischendurch mal Pause von mir haben.
Sie würden es nie sagen, aber vielleicht ist die Hälfte von mir
genug für sie,

Ich glaube nicht
Bis morgen dann

Nein
Und du musst nicht flüstern

weil man sich an der kompletten Packung Ava
doch ziemlich schnell überfressen kann,
was meinst du? Und vielleicht ist das auch manchmal
ein bisschen anstrengend für mich,
so quasi in zwei Leben rumzuflattern –
immer mit dem Gefühl: Du musst jetzt genau in die Lücke
passen.
Aber das kann ich wirklich nur flüstern.
Kann das nur sagen, weil es dunkel ist.
Und ich lösche die Nachricht auch gleich wieder,
sobald du sie gehört hast.

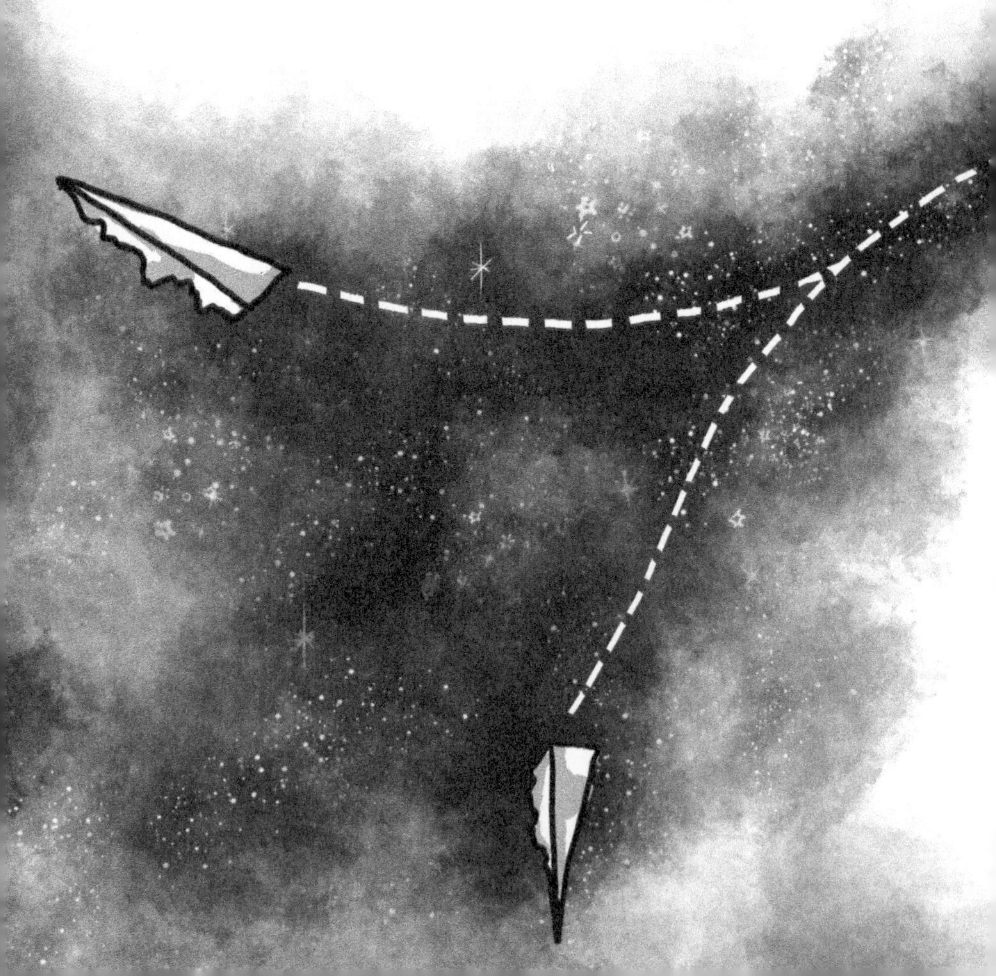

Ich denke
das ist ok
was du fühlst
Und was du fühlst
das kannst du nicht löschen

Soll ich dir auch was verraten?
Dass ich im Park spazieren gehe
jeden Tag
das ist nicht so
weil ich gerne Sachen wie alte Menschen mache
Ich habe das meiner Mutter versprochen
Jeden Tag rauszugehen

Die letzten Wochen bin ich nicht zur Schule
ich war nicht krank
nicht so wirklich
ich konnte einfach nicht

Hast du gerade auch den Kopf unter der
Decke und nur dein Handy leuchtet?

Ich bin froh, dass ich den Zettel mit deiner Nummer gefunden habe.

Ich bin zu den Sternen geflogen
und hab auf der Milchstraße getanzt.
Glaubst du?

Ja.

Ja

Und ich bin froh
dass du Hausarrest hast
Warum auch immer
Und ich mag deine Geschichten
ob Hirnriss oder nicht

Bist du noch wach?

Hast du manchmal auch das Gefühl
dass bald alles hochfliegt

Alles?

Als ob es explodiert?

Und wann hast du dieses Gefühl?

Willst du darüber reden?

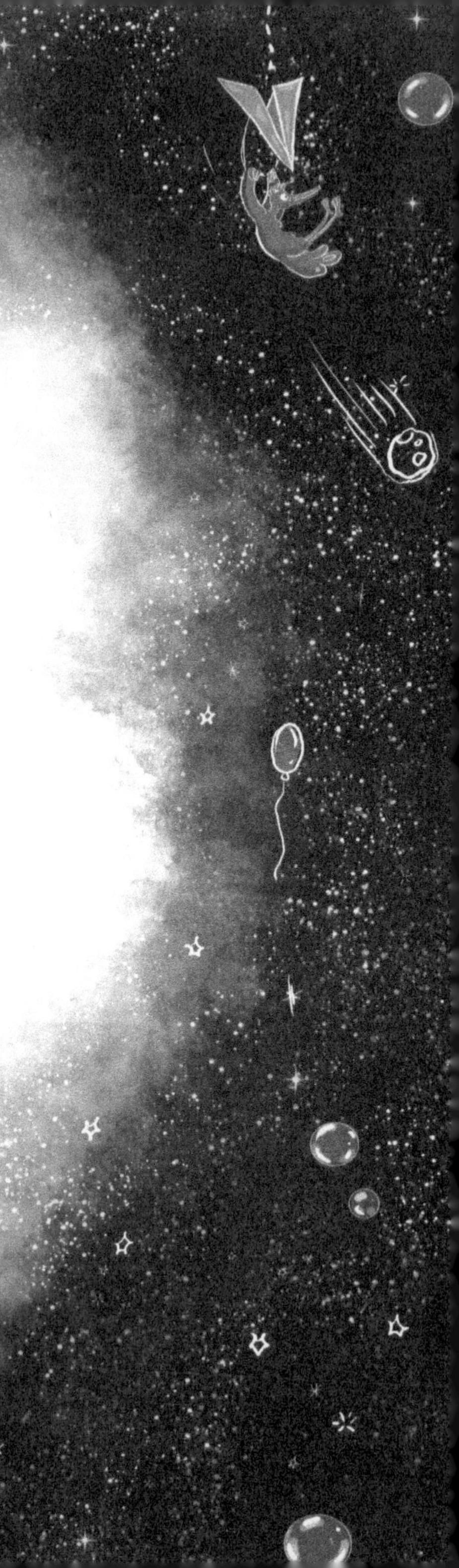

Einfach alles
Die Welt
Alles fliegt hoch

Als ob ich den Halt verliere

Nachts
Vor allem nachts
Und dann kann ich nicht schlafen

Später vielleicht
Morgen

5

Ich fange jetzt an
obwohl gerade erst die Sonne aufgegangen ist
und du bestimmt noch schläfst
Ich fange jetzt an
denn
wenn ich länger warte
bin ich richtig wach
kein Halbschlaf mehr
und dann schweige ich doch

Ich erzähle dir die Sache
mit der Schule und dem Park
obwohl ich nicht weiß
wo ich anfangen soll
Denn ich weiß nicht genau
wann es überhaupt angefangen hat

Vielleicht schon in der Grundschule
Schwimmunterricht
Du erinnerst dich an meine Entschuldigung im Ranzen
Schwimmunterricht
Alles daran war schlimm
Der Chlorgeruch die Umkleidekabinen
diese feuchtwarme Luft
das Becken mit so vielen Körpern drin
Und in der ersten Stunde Benard
der mich ständig unter Wasser drückt

Schwimmunterricht
Die Bauchschmerzen haben erst aufgehört
als meine Eltern eine Entschuldigung
für das gesamte Schuljahr geschrieben haben

Vielleicht hat es da angefangen
vielleicht aber
habe ich mich in manchen Situationen
schon immer so mies gefühlt
dass ich in mir drin
tausendmal schreiend rausgerannt bin

Vielleicht mit vier Jahren
als ich unter das Bett gucken musste
ob da Aliens oder Monster sind

Aber irgendwie ist es doch immer gegangen
Solange ich unter das Bett geguckt habe und da nichts war
oder ich die Entschuldigung
für den Schwimmunterricht im Ranzen hatte
So lange habe ich es hinbekommen

In der Sechsten hatte ich wahnsinnig Angst
vor meinem Mathelehrer
richtige Panik hatte ich
weil er jede Stunde jemanden an die Tafel geholt hat
Aber für Matheunterricht
kann man keine Entschuldigungen schreiben
das war mir auch klar

Ich bin durch alle Schulen der Stadt gelaufen
und habe Türen und Fenster geöffnet,
um die Leute zu befreien. Glaubst du?
Ja, ich bin online, ich bin da. Erzähl weiter.

Bin irgendwie klargekommen
Habe jede Stunde mit Herzrasen dagesessen
und bin einmal pro Stunde aufs Klo
öfter ging schließlich nicht

Denn das muss so sein
mit der Schule
dachte ich
Schließlich haben wir keine Wahl
müssen jeden Tag in dieses Gebäude gehen
und mit dreißig Menschen über Stunden hinweg
in engen Räumen sitzen
Werden die ganze Zeit bewertet
nicht nur vom Lehrer
Jahrelang dachte ich
das muss so sein

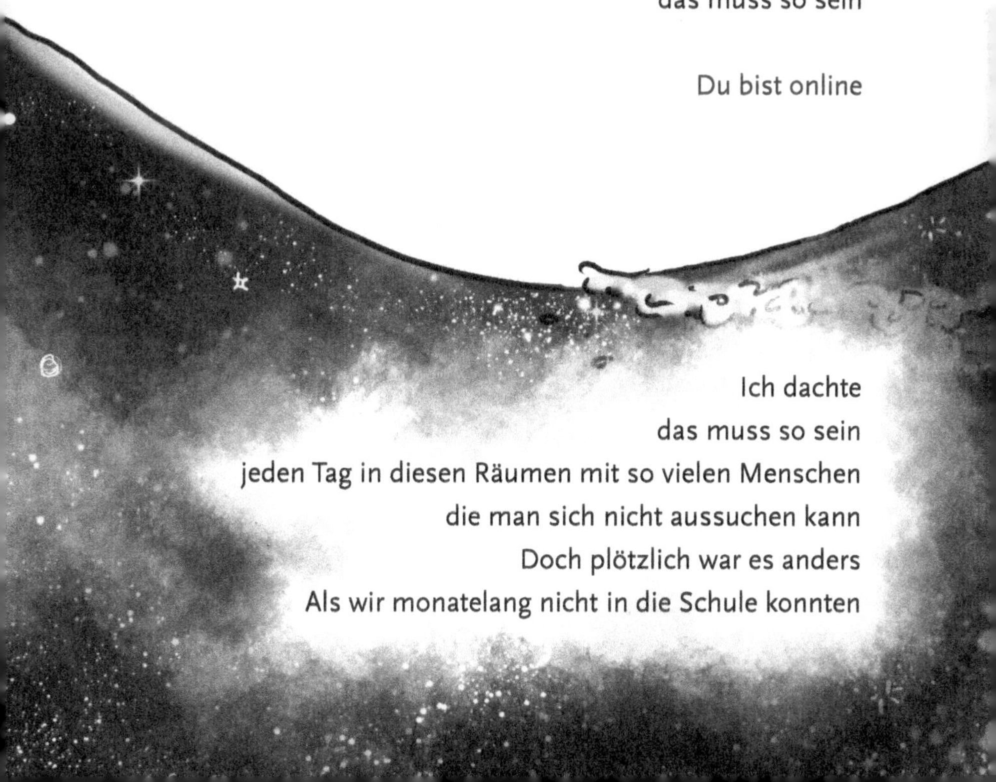

Du bist online

Ich dachte
das muss so sein
jeden Tag in diesen Räumen mit so vielen Menschen
die man sich nicht aussuchen kann
Doch plötzlich war es anders
Als wir monatelang nicht in die Schule konnten

Schnärz die Wand an – schrecklich ist die Untertreibung des Jahrtausends!

Welche Geschichten hast du erzählt?

Nur zu Hause sitzen
und die anderen am Bildschirm sehen
Für dich muss das schrecklich gewesen sein

Ich fand das grandios
Erleichternd
so fand ich das
Und als dann alle wieder in die Schule konnten
als ich dann wieder in die Schule musste
Da habe ich das nicht mehr hinbekommen
Ich saß in einem Raum mit so vielen Menschen
und bin nicht mehr klargekommen

Wollte raus
nur raus
Einmal pro Stunde aufs Klo
Das war nicht genug

Schule
Da wollte ich gar nicht mehr hin
Habe so getan
als ob ich krank bin
Habe gelogen und mir Geschichten ausgedacht
Aber Geschichten ausdenken
das kann ich nicht so gut wie du

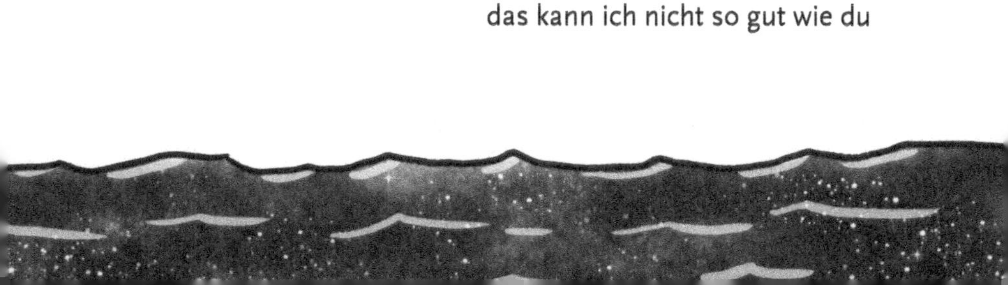

Kein Vergleich mit der Formel für Weltfrieden
Kopfschmerzen Bauchschmerzen Verschlafen
Ich bin krank oder der Lehrer ist krank
Ich habe mein Handy verloren oder den Schlüssel
oder mich selbst
Ich bin auch nicht mehr zur Karate-AG
Erst findet man Ausreden und geht nicht hin
Dann findet man keine Ausreden mehr
und geht trotzdem nicht hin
Am Ende schämt man sich nur
weil die ganze Welt weiß
dass es von Anfang an nur Geschichten gewesen sind

Vor ein paar Monaten dann der blaue Brief
mangelhafte Leistungen in Mathe natürlich und Geschichte
Da haben meine Eltern langsam gemerkt
dass hier etwas nicht stimmt
Was bereitest du uns plötzlich für Sorgen
haben sie gesagt
Und meine Zukunft und so weiter
Das hat es noch schlimmer gemacht
weil ich doch niemand sein will
der anderen Sorgen bereitet

Nach dem blauen Brief ging überhaupt nichts mehr
Ich musste die Schule gar nicht sehen
ich musste nur an die Schule denken
sofort hat der Boden unter mir geschwankt
und ich habe den Halt verloren

Du brauchst wahrscheinlich eine Pause, ja?
Weil du schon über eine Stunde nichts geschrieben hast.
Oder es könnte sein, du bist gerade im Park.
Sowieso musst du mir noch verraten,
warum du wie mein Opa bist.
Was genau ist das Ding mit diesem Park?

Die Sommerferien waren es
die mich gerettet haben
Für sechs Wochen immerhin

Vierzehn Tage lang war ich mit meinen Eltern am Meer
weil die Luft dort so gut ist

Atme tief ein
dann geht es dir besser
weil die Seeluft beruhigt
haben meine Eltern versprochen
Und ich habe tief eingeatmet
aber die Angst ist geblieben
Denn Eltern versprechen immer Dinge
die sie nicht halten können

Ich habe meinen Eltern versprochen
dass ich jeden Tag in den Stadtpark gehe
Damit ich mich nicht daran gewöhne
24 Stunden alleine
in meinem Zimmer zu sitzen
Und ich bin anders als meine Eltern
ich halte mein Versprechen

Noch sechs Tage, bis das neue Schuljahr beginnt.
Das meinst du, oder?

Ich habe auch Angst vor ein paar Sachen.
Vor Fröschen zum Beispiel.

Ich habe übelsten Horror davor,
dass mir mal ein Frosch ins Gesicht springt.

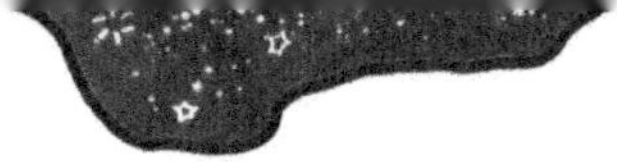

Aber der Countdown läuft

Alles zieht sich in mir zusammen
Das ist so viel mehr
als Bauchschmerzen
Ich könnte schreien
die ganze Zeit
Denn was ist
wenn ich es immer noch nicht hinbekomme?

Und dann denke ich an die Kriege überall
und an Kinder
die nicht zur Schule können
und an mich
der sich an manchen Tagen nicht auf die Straße traut
Und ich
schäme mich so sehr für meine Angst

Das hast du auch ins Freundebuch geschrieben

Und ich habe ständig
Angst, dass ich was verpasse. Im Freibad oder woanders.
Dass die anderen jetzt die Zeit ihres Lebens
haben und ich nicht dabei bin.

Aber meine größte Angst ist wohl,
dass ich den Leuten zu viel werde.

Schon gut.

Ich frage mich was.

Ja, stell dir vor, ich frage mich was.
Ich frage mich, wovor genau du Angst hast,
wenn du im Klassenzimmer sitzt.

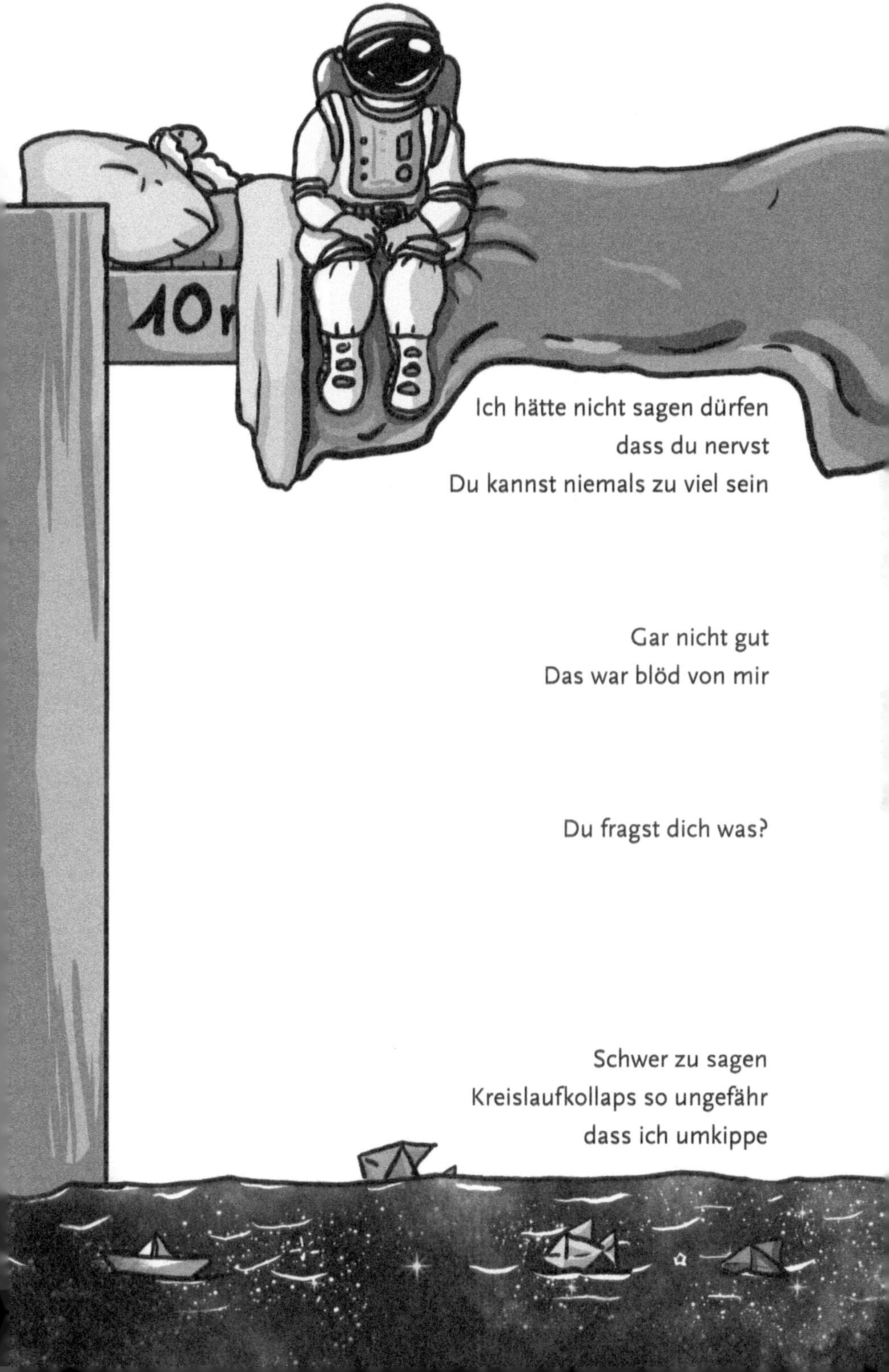

Ich hätte nicht sagen dürfen
dass du nervst
Du kannst niemals zu viel sein

Gar nicht gut
Das war blöd von mir

Du fragst dich was?

Schwer zu sagen
Kreislaufkollaps so ungefähr
dass ich umkippe

Ich will dir ja nichts einreden,
aber das kann dir auch zu Hause passieren.
Das kann dir sogar passieren,
wenn du ganz allein in deinem Zimmer sitzt.
Und dann ist niemand da, der dir helfen kann.

Die Angst ist dein Endgegner, hört sich so an.

Endgegner hat man doch nur,
wenn man ein Superheld ist.
Und ich bin mindestens zweitausend Kilometer
weit entfernt von Superheldin.

Ich glaube nicht, dass ich eine von den Guten bin.
Wirklich nicht.
Du allerdings, du bist auf jeden Fall ein netter Mensch.

Es schauen mich aber nicht tausend Augen an

Inzwischen habe ich schon Angst davor
dass mein Herz schneller schlägt
oder vor dem Gefühl
dass ich mich nicht mehr bewegen kann
Schockstarre

Hast du auch einen?

Wieso?

Ich wette, dass du noch nie irgendwas
richtig Schlechtes gemacht hast.

Das hast du doch nur gemacht,
weil dir alles im Leben schrecklich peinlich ist.
Wahrscheinlich müsstest du dich einmal
ordentlich vor der ganzen Stadt blamieren,
damit du merkst, dass das gar nicht so furchtbar ist.

Dann erzähle ich dir mal ein paar richtig gute Geschichten.
Nichts davon ist ausgedacht,
alles ist wirklich passiert,
und zwar von mir höchstpersönlich.

Ich habe ein Referat gehalten und gepupst.
Nicht nur gepupst, ich habe richtig laut gefurzt.

Doch, aber es geht noch schlimmer.

Ich habe mir im Bus Wasser über die Hose gekippt,
das sah aus wie Pipi.

Ich habe Ella das Freundebuch nicht wiedergegeben
und ihr ins Gesicht gelogen

Ich kriege schon Magenkrämpfe
allein bei dem Gedanken

Nein

Das glaube ich nicht

Bist du bereit für die nächste Peinlichkeitsstufe?

Stell dir vor, es ist ein schöner Frühlingstag.
Stell dir vor, ich trage in der Schule meine weiße Hose.
Und dann bekomme ich meine Tage.

Ich kann stundenlang so weitermachen.

In der siebten Klasse war ich in einen Typen verknallt.
Der war schon in der Oberstufe.
Er hat mir zugewunken und «Hey» gesagt.
Du kennst mich ja inzwischen ein bisschen,
ich habe natürlich wie verrückt zurückgewunken
und vor lauter Aufregung mit Piepsstimme «Grüß dich»
gerufen. Er meinte allerdings ein Mädchen,
das hinter mir stand.
Die halbe Schule hat sich weggekringelt vor Lachen.
Ein paar Wochen lang haben alle Leute aus der Oberstufe
mit Piepsstimme «Grüß dich» gerufen,
sobald sie mich auch nur in der Ferne gesehen haben.

Ich bin nicht kleinzukriegen!
Und ich bin noch nicht fertig.

Ich weiß nicht

Hör auf

Du bist der Endgegner für die Welt da draußen

Ich hab dir vom Ende meiner Trixie-Phase erzählt, oder?
Die ging aber noch ein bisschen weiter.
In der Fünften habe ich bei so einem Vorsingen
für die Soloparts im Schulchor mitgemacht.
Ich habe einen aufs Parkett geschmettert,
das kannst du dir nicht vorstellen,
ich habe den Song richtig gefühlt.
Irgendwer hat es mit dem Handy aufgenommen.
Mannomann, war das schief, was ich da gefühlt habe.
Egal wo ich hingegangen bin,
alle haben die Köpfe in den Nacken gelegt und gejault.
Aber ich singe mit meiner Mutter trotzdem noch überall,
wenn ich Lust darauf habe.
Soll bloß keiner aufnehmen und mir danach vorspielen,
dann ist doch alles gut.

Aber auch witzig irgendwie.

Würdest du nicht.
Und du wirst auch nicht im Boden versinken.
Es sei denn, du hast Superkräfte,
was ja ziemlich cool wäre,
wenn man mal so überlegt.

Schlimm
Ich glaube
ich würde sterben

Sie haben einen sehr großen Kopf.
Oder es liegt an den großen Ohren.

Das ist gut, oder, dass du Hilfe hast.
Und so ein Psychotherapeut,
der kennt sich aus mit Gefühlen, denke ich mal.
Denn Gefühle, die kannst du nicht einfach löschen,
hast du mir ja selbst gesagt.
Aber vielleicht kann das so ein Psychotherapeut.
Oder umprogrammieren.

Ich will gar kein Superheld sein
ich wäre lieber ein Esel
Wenn Esel Angst haben
bleiben sie stehen
und gucken sich alles an

Wenn keine Gefahr droht
gehen sie einfach weiter
Wieso sind Esel so viel klüger als ich?

Was ich noch nicht erzählt habe
Meine Eltern haben einen Termin gemacht
bei einem Psychotherapeuten

Einmal war ich schon da
Er hat mir Atemübungen gezeigt
und ein Buch über Origami
Damit ich was habe
wenn der Kopf zu sehr rattert

Ich weiß nicht, wie das genau funktioniert mit so Gefühlen.
Aber der Psychotherapeut wird es wissen,
und das ist die Hauptsache.
Die Hauptsache ist doch, dass du die nächsten 70 Jahre
nicht das Leben von meinem Opa leben musst.
Ach, ich rede wieder zu viel.

Dann kennst du mich vielleicht doch noch nicht gut genug.

Warum denkst du
dass du nicht zu den Guten gehörst?
Ich kenne dich seit sechs Tagen
und ich kann nichts Schlechtes an dir entdecken

4

Du glaubst nicht, was ich gestern gemacht habe.
Und jetzt erwarte keine aufregende Geschichte
so wie sonst immer. Ich habe versucht, einen Kolibri zu falten.
Ich habe es wirklich versucht,
mindestens eine Viertelstunde lang.
Hat aber nicht funktioniert.

Ich habe mit meiner Tante Bocholt gequatscht.
Irgendwann hat sie mich unterbrochen und gesagt,
dass sie meine Cousine abholen muss.
Aber ich bin mir ziemlich sicher, dass das gelogen war.

Wofür? Dass ich mit Tante Bocholt gequatscht habe
und du deshalb deine Ruhe hattest?

Ich bin ein komischer Vogel, schon vergessen?

Ich könnte einen Kolibri falten
Für dich
Wenn du willst

Was hast du gestern noch gemacht?

Danke

Für gestern
Dass du mir nicht das Gefühl gegeben hast
ein Freak zu sein

Du hast Ella geschrieben und dich dafür entschuldigt,
dass du ihr vor sechs Jahren ins Gesicht gelogen hast.
Oder du hast deine Superkräfte trainiert.
Oder du bist mit einem Bobbycar über die Hauptstraße gefahren,
hast allen hupenden Autos zugewunken
und mit Piepsstimme «Grüß dich» gerufen,
bis dich die Polizei wegen Blamage vor der ganzen Stadt
verhaftet hat.

Wegen der Geschäftsreise von deinem Vater?
Warum sagst du das nicht gleich? Erzähl!

Eltern, oder?
Die schnallen manchmal überhaupt nichts.
Für die ist das schon Jahre her,
aber für dich eben nicht, für dich ist das wie vorgestern.
In der vierten Klasse bin ich mal
von einem Auto angefahren worden.
Vielleicht erinnerst du dich noch an mein Gipsbein.

Soll ich dir sagen
was ich gestern gemacht habe?

Ich habe meine Eltern gefragt
was damals passiert ist

Das ist doch Ewigkeiten her
haben sie gesagt

Und ich schwöre auf alles,
wenn ich irgendwo quietschende Reifen höre,
dann tut mir sofort mein linkes Bein weh.
Findest du nicht auch, es gibt Schmerzen,
die schaffen es irgendwie in einem drinzubleiben.

Mehr nicht?

Lass mich raten.
Sie wollten dir keine Angst machen.

Blödsinn!

Sie haben gesagt
dass man sich manchmal nicht so gut versteht
und dann eine Pause braucht

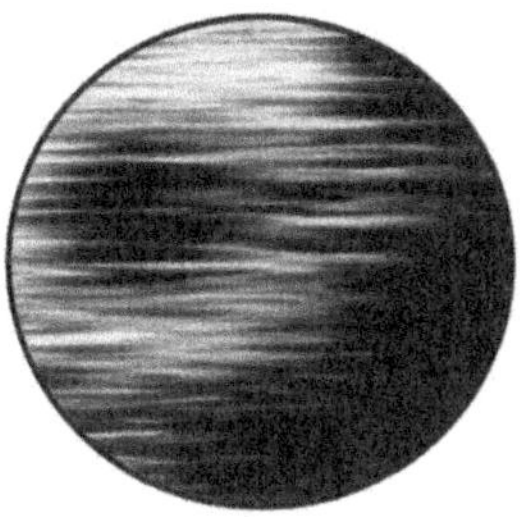

Mehr nicht

Warum habt ihr mir das nicht damals erzählt
warum die Geschichte von der Geschäftsreise?
habe ich gefragt

Knapp daneben
Nicht beunruhigen
so heißt das in ihrer Welt
Du warst jung
und hättest das nicht verstanden
haben sie gesagt

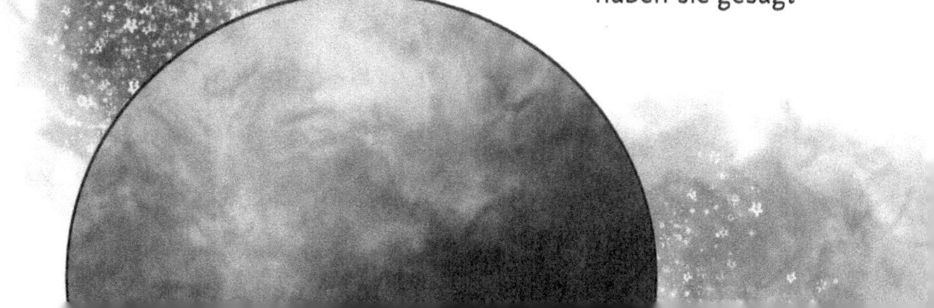

Daran erinnere ich mich gar nicht mehr. War dir das peinlich?

Als ich gestern nach einer Anleitung für den Kolibri gesucht habe,
da habe ich bisschen was über Origami gelesen.
Wenn man 1000 Kraniche faltet,
dann hat man einen Wunsch frei.

Ein einziger Wunsch reicht bei mir nicht,
davon kannst du ausgehen.
Sowieso hatte ich schon vor den Sommerferien drei Wünsche.
Obwohl, nicht so richtig Wünsche. Eher Vorsätze.
Weil Wünsche – das klingt immer so,
als könnte man da selbst gar nichts dran machen, oder?
Das ist bei Vorsätzen komplett anders.

Ich habe damals auf deinen Gips gemalt
Mit blauem Edding
Es sollte eine Sonne sein
sah aber aus wie eine Spinne

Ein bisschen
vielleicht

Das wäre schön
Ob ausgedacht oder nicht

Ich würde mir wünschen
dass sich alles wieder leichter anfühlt
Mehr wie Sonne und weniger wie Spinne
Und du?

Vorsätze sind eine super Sache.
Total unterbewertet, sag ich dir.
Es ist doch so, wenn du dir was wünschst,
dann musst du hoffen, dass was passiert.
Aber bei Vorsätzen, da kannst du Sachen machen.
Sachen machen ist tausendmal besser als rumsitzen
und warten, ob irgendwer was für dich
ins Geschenkpapier einwickelt.
Bei Vorsätzen – ja, bei Vorsätzen liegt es an dir,
was daraus wird.

Das war mein Statement zum Dienstag.

Hat das irgendwie Sinn gemacht?

Ich habe die Wunschlisten aller Kinder verbrannt, glaubst du?
Und die Sache mit den Kranichen habe ich mir übrigens
nicht ausgedacht.

Darüber habe ich noch nie nachgedacht
Ich dachte
Vorsätze gibt es nur zu Silvester
und nach drei Tagen hat man sie vergessen

Alles verstanden habe ich nicht
aber so ungefähr

Vielleicht sollte ich aufhören
mir etwas zu wünschen

Die gab es wirklich?

Und hat sie tatsächlich «ihr dreckigen Pissbirnen» gerufen?

Verrückt, oder? Wie manche Geschichten verschwimmen.

Die erfundenen sind doch auch erlebt irgendwie.
Und was macht es am Ende für einen Unterschied?

Auf jeden Fall wollte ich in diesen Sommerferien
drei Sachen machen.
Ich wollte den 10-Meter-Turm im Freibad bezwingen,
ich wollte endlich mal küssen,
und ich wollte auf die Sommerabschlussparty.
Auf die Sommerabschlussparty gehe ich noch.
Vielleicht ja sogar mit dir.

Die verwunschene Prinzessin auch nicht
Die verwunschene Prinzessin
mit dem selbst gemachten Kostüm

Das war Ariane
Ich habe ein altes Foto gefunden

Das kann man auf dem Foto nicht erkennen

Die erlebten und die erfundenen

Und
hast du?

Den 10-Meter-Turm bezwungen?
Das habe ich die ganze Zeit vor mir hergeschoben,
weil es eventuell sein könnte, dass ich ein bisschen Schiss habe.
Also, ich hab mir gewünscht, es zu tun –
wollte es aber irgendwie nicht machen.
Ach, Leute, und jetzt ärgere ich mich wahnsinnig drüber,
dass ich die Sache nicht direkt am ersten Ferientag
angegangen bin. Augen zu und rauf.
Stattdessen habe ich vier Wochen lang
auf den 10-Meter-Turm gestarrt und mir selbst eingeredet,
dass die letzte Ferienwoche doch perfekt dafür ist.
Woher sollte ich auch wissen,
dass ich jetzt in meinem Zimmer festsitze
und große Sprünge vergessen kann?!

Ja?

Ob ich geküsst habe? Schon in der zweiten Ferienwoche.
Wenn man sich erst mal traut,
ist Küssen echt kein so großes Ding, wie man vorher denkt.

Du willst es wahrscheinlich gar nicht so genau wissen.

Eigentlich

Eigentlich
meinte ich
den anderen Vorsatz

Aber du kennst mich ...

Ich habe Luan geküsst. Luan ist in meiner Parallelklasse.
In der Schule hatte ich ihn gar nicht so groß wahrgenommen,
also, ich wusste schon, wer er ist,
aber wir hatten überhaupt nichts miteinander zu tun.
Im Freibad gehörten wir plötzlich zu der gleichen Gruppe,
denn im Freibad läuft es ja so:
Es sind jeden Tag dieselben Leute da –
bei den Jüngeren will man nicht sitzen,
bei den Älteren darf man nicht sitzen.
Da ist es nur konsequent, dass man sich spätestens
am Nachmittag vom ersten Ferientag mit denen zusammentut,
die ungefähr gleich alt sind, oder nicht?
Parallelklasse hin oder her. Für die nächsten sechs Wochen
spielt man im gleichen Team,
sucht sich seinen Platz auf der Liegewiese
und verteidigt diesen Platz vor den Jüngeren
und vor den Älteren – und vor allem vor den Amateuren,
die nur einmal die Woche ins Freibad kommen
und trotzdem denken, dass ihnen die Liegewiese gehört.
Unsere Gruppe hat sich immer links
neben dem Volleyballfeld getroffen.
Eigentlich wird dann ewig rumdiskutiert,
wer die Pommes holen muss. Jeden Tag.
Da ich aber nun mal ständig pleite bin und mein komplettes
Taschengeld schon für den Eintritt ins Freibad draufgeht,
habe ich gesagt: «Ich hole die Pommes, und ihr müsst zahlen.»

du erzählst es mir trotzdem

Luan ist mitgekommen. Jeden Tag.
Zuerst dachte ich, das liegt daran,
dass er auch kein Geld hat, aber dann dachte ich,
dass es ja auch an mir liegen könnte.
Dass er sich beispielsweise bei Jojo
nicht vom Fleck bewegt hätte.
Luan und ich haben angefangen zu quatschen,
erst über die Schule, dann dies das und so weiter.
Tut nichts zur Sache.
Am Dienstag in der zweiten Ferienwoche
haben wir uns in den Schatten gesetzt,
weil die Pommesschlange superlang war.
Da saßen wir plötzlich allein, unter einem Baum.
Nur wir zwei. Und ich habe mich zur Seite gelehnt.

Meinen Mund auf seinen, was man halt so macht,
wenn man küsst.

Nein, das war nur Küssen.

Seid ihr jetzt
zusammen?

Schnärz die Wand an! Das sollte mein Sommer werden.
Sommer der erfüllten Vorsätze.
Und ich war so nah dran! Aber der verdammte Hausarrest
hat es mir komplett vermasselt.

Ich bin in einen Papierflieger gestiegen
und musste auf dem Rathausplatz notlanden.
Glaubst du? Ach, glaubst du eh nicht.

Wir hätten nicht darüber sprechen sollen,
über Sachen machen und den 10-Meter-Turm.
Weil Vorsätze ergeben gar keinen Sinn,
wenn man sie nicht erfüllen kann.
Da hätte ich mir ja gleich irgendwas wünschen können.

Ach so

Willst du immer noch nicht erzählen
warum du wirklich Hausarrest hast?

Ich zähle nicht die Minuten
das machst nur du
aber

127 Minuten kein Wort von dir
Neuer Rekord

Alles in Ordnung?

Und bei dir so?

Was soll ich schon machen
ich falte einen Kolibri für dich

3

Sprachnachricht? Freibad? Was geht ab?
Es ist – sechs Uhr morgens.

Wieso bist du im Freibad?

Ich ...
Du ...

Jetzt ...

Ich muss noch ... Also, muss noch üben.
Sprachnachrichten.
Schicke ich eigentlich nicht. Nicht eigentlich.
Nie. Schicke ich nie.
Aber du sollst hören.

Du sollst hören, wo ich bin.

Hört man das? Ja, oder?

Ich sag nichts mehr. Dann hörst du es bestimmt.

Du musst auf den Hintergrund achten.
Auf die Geräusche im Hintergrund.

Wieso bist du schon wach?

Okay, das erklärt, warum du jetzt im Freibad bist.
Aber warum bist du überhaupt da?

Ich sitze zu Hause fest, falls du das vergessen hast.
Und um sechs Uhr morgens
kriegen mich noch nicht mal zehn Alpakas ins Freibad.
Selbst wenn ich keinen Hausarrest hätte.
Für wen auch?
Für fünf Rentnerinnen und ihre bunten Badekappen?

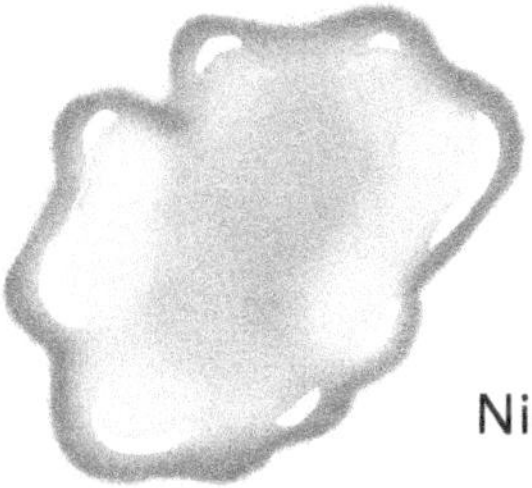

Später sind zu viele Menschen.
Nicht nur hier. Allein der Weg zum Freibad …
wenn ich über den Sperlingplatz muss.
An den Leuten vorbei, die am Brunnen
und auf den Bänken sitzen.
Das schaffe ich nicht.
Später sind zu viele Menschen überall.

Wegen dir. Oder für dich … Beides eigentlich.

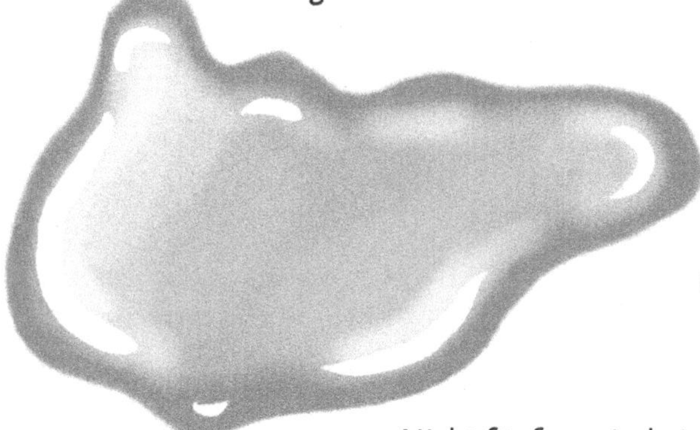

Nicht fünf, es sind vierundzwanzig.
Hätte ich auch nicht gedacht, so früh am Morgen.

Was ich aber eigentlich gedacht habe.
Du hattest so schlechte Laune gestern.
Wegen der Vorsätze und dem 10-Meter-Turm …
Da habe ich gedacht, dass ich dir
den Sprung in Geschenkpapier einwickeln könnte.

Ich verstehe nur Freibad.

Du willst den 10-Meter-Turm bezwingen?

Du bist ja verrückt. Also nicht verrückt wie verrückt. Verrückt wie wahnsinnig.
Nein, auch nicht wahnsinnig – verrückt wie gigantisch.
Galaktisch, das ist es. Das bist du. Du bist ja galaktisch.

Hallo?

Soll ich Schwimmflügel besorgen?

Rettungsschwimmer vorbeischicken?

Brauchst du einen Krankenwagen?

Lebst du noch?

Warum keuchst du so?

Ich habe gedacht, es könnte doch noch ein Sommer der erfüllten Vorsätze werden … könnte das werden, wenn ich für dich springe.

Ich melde mich später wieder.

Ich glaube schon.

Ich musste rennen.

Echt jetzt?

Tief durchatmen, das sagt man doch immer, oder?
Tief durchatmen.

Was? Soll ich einen Krankenwagen rufen?

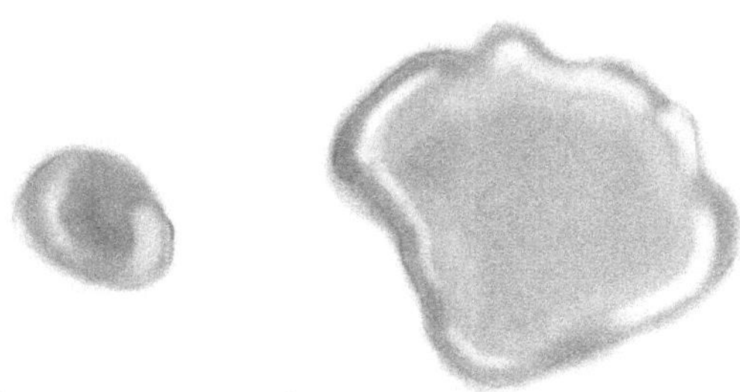

Warum musstest du denn wegrennen?
Weil du vom 10-Meter-Turm gesprungen bist?
Oder doch nicht? Ich checke gar nichts mehr.

Beckenrand.

Wegrennen. Mein Herz auch. Es rast noch immer.
Ich hoffe nicht, dass es rast und gleich stehen bleibt.
Fühlt sich das so an? Vor einem Herzstillstand?

Wenn du fünf Minuten lang nichts von mir hörst …
dann ruf einen Krankenwagen.

Ich bin …

… noch nie so schnell gelaufen.

Keinen Krankenwagen.
Das Herz, es geht wieder.

Es war der Beckenrand.

Eine Arschbombe vom Beckenrand.

Beckenrand.

Wir können es noch hundertmal sagen –
er wird trotzdem nicht höher,
schon gar nicht zehn Meter.
Es ist und bleibt ein Beckenrand.

Dass wir nicht ins Becken pinkeln dürfen.

Dass man nicht vom Beckenrand springen darf.

Dass wir was? Gib mir mal ’ne Minute oder zwei,
so früh morgens ist mein Kopf langsamer
als die Rentnerinnen beim Brustschwimmen.

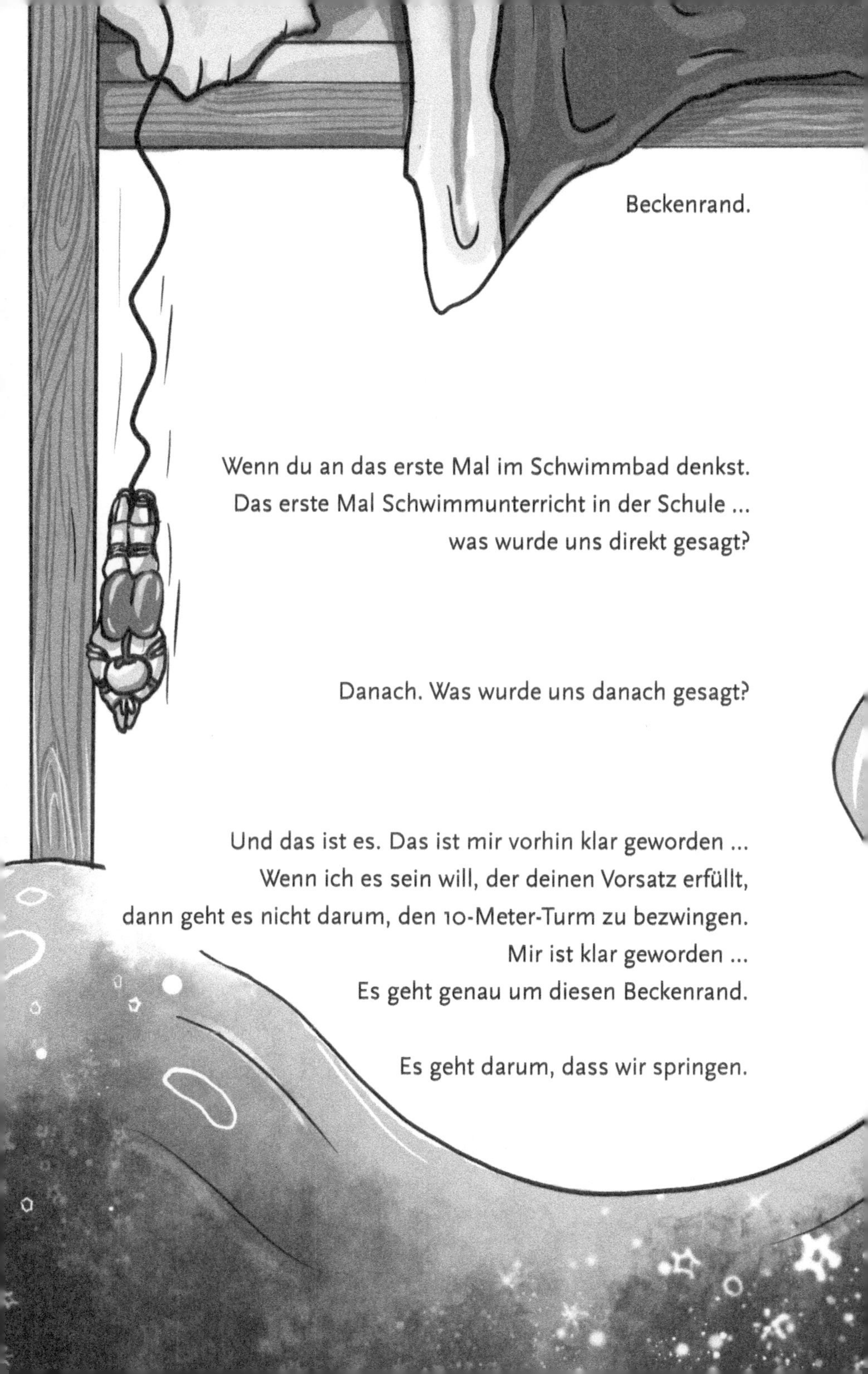

Beckenrand.

Wenn du an das erste Mal im Schwimmbad denkst.
Das erste Mal Schwimmunterricht in der Schule …
was wurde uns direkt gesagt?

Danach. Was wurde uns danach gesagt?

Und das ist es. Das ist mir vorhin klar geworden …
Wenn ich es sein will, der deinen Vorsatz erfüllt,
dann geht es nicht darum, den 10-Meter-Turm zu bezwingen.
Mir ist klar geworden …
Es geht genau um diesen Beckenrand.

Es geht darum, dass wir springen.

Du bist vom Beckenrand gesprungen.
Keine so große Sache, wenn wir mal ehrlich sind.
Aber was passiert dann?

Die Bademeisterin zetert rum,
wenn sie es mitbekommen hat.
Und eine Arschbombe hat sie garantiert mitbekommen,
eine Arschbombe kann sie nicht ignorieren.
Die Bademeisterin macht dich runter und dann ...

Alle gucken dich an.
Unter roten, gelben, blauen, grünen Badekappen
gucken sie dich an.

Hörst du, wie es in meinem Hirn gerade klappert?
Du hast komplett recht,
es musste der Sprung vom Beckenrand sein,
das Logischste von der Welt!
Weil du ja wusstest,
wie schrecklich peinlich das für dich werden würde,
mit der Bademeisterin – und tausend Augen.

Eine Arschbombe kann sie nicht ignorieren? Von wegen!

Stell dir vor. Ich drücke mich ab.
Mit beiden Füßen vom Beckenrand. Mit aller Kraft.
Und mit schweißnassen Handflächen.
Maximal fünfzig Zentimeter vor dem Kopf einer älteren Frau
lande ich im Wasser. Geblümte Badekappe übrigens ...
Ich ziehe mich

Du bist wirklich galaktisch, ich feier dich wie wild!
Wenn ich könnte, ich würde dir einen Pokal aus Papier falten.
Oder eine Krone, und auf die Krone
würde ich hundert blaue Sonnen malen,
weil blaue Sonnen wunderschön sind.
Aber mir fällt noch was Besseres ein –
weißt du, was du jetzt machst?
Zur Belohnung kaufst du dir sofort
ein Joghurteis mit Himbeersoße.

am Beckenrand hoch. Die Frau boxt. Sie boxt mir im Vorbeischwimmen gegen die Wade. Woher hat sie so viel Kraft, denke ich. Und was macht die Bademeisterin auf ihrem Stuhl? Nichts. Die zuckt kein bisschen.

Also springe ich noch mal. Und noch mal.
Inzwischen ist schon das gesamte Schwimmbecken gegen mich.
Sie pöbeln mich an, strecken Fäuste aus dem Wasser und müssen husten.
Vielleicht haben sie Wasser geschluckt.
Oder es ist Asthma.
Ich schäme mich so sehr.
Ich schäme mich ... und springe,
schäme mich noch mehr und springe wieder.
Und dann endlich springt auch die Bademeisterin.
Sie springt vom Stuhl und stürmt auf mich zu.
Das müssen wir uns fürs Leben merken.
Fünf Arschbomben kann ein Mensch nicht ignorieren.
Selbst eine Bademeisterin nicht.

Eine ordentliche Blamage muss man gebührend feiern,
und das geht definitiv nur mit Joghurteis.

Wo bist du jetzt?

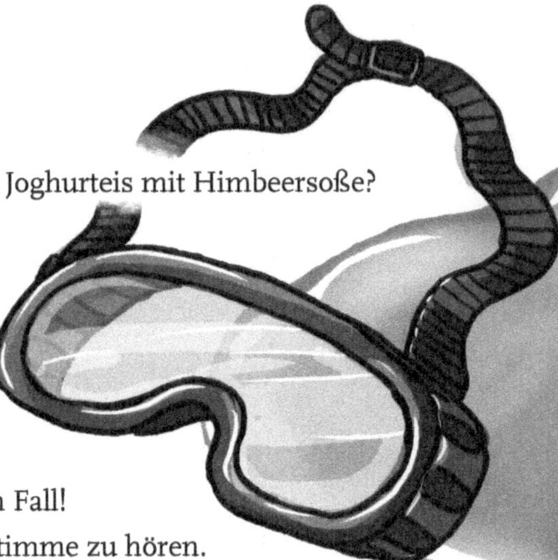

Warum das? Warum kein Joghurteis mit Himbeersoße?

Das machen wir auf jeden Fall!
Es ist echt witzig, deine Stimme zu hören.
Ich konnte mich gar nicht mehr richtig an sie erinnern.

Ich höre dir voll gern zu und deiner Stimme auch.
Aber jetzt erzähl – ich muss unbedingt wissen,
was die Bademeisterin gesagt hat,
nachdem sie auf dich zugestürmt ist.

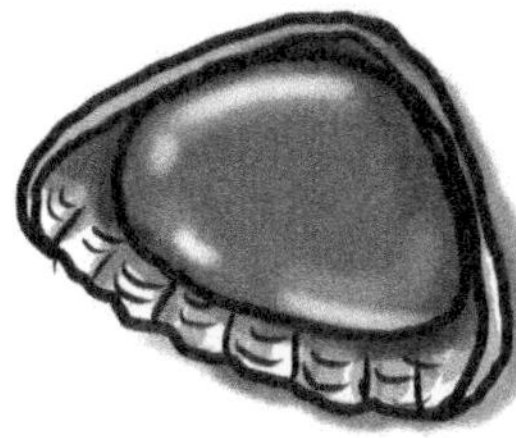

Ich sitze auf einer Parkbank und esse … einen Müsliriegel.

Es ist 7 Uhr morgens.
Da findest du keine geöffnete Eisdiele.
Außerdem … Ich will das mit dir zusammen machen.
Irgendwann. Also, wenn du noch willst.

Du hast meine Stimme auch nicht so oft gehört,
weil ich in der Grundschule kaum was gesagt habe.
Und sie hat sich verändert in den letzten vier Jahren.
Hoffentlich.

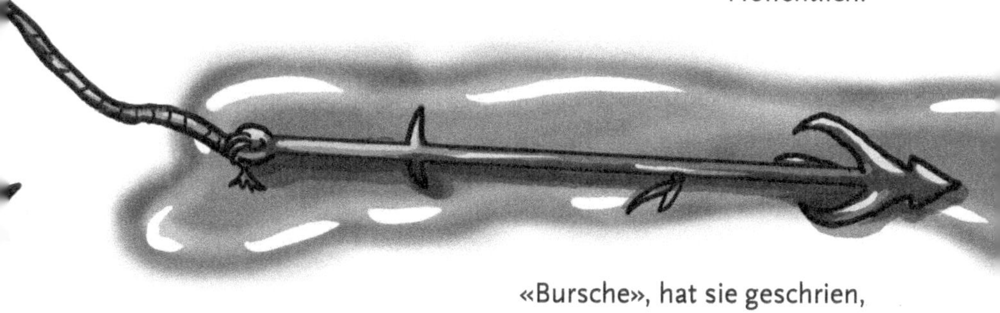

«Bursche», hat sie geschrien,
«bei dir hackt es wohl nicht richtig da oben.»

Morgens um sechs Uhr Ketchup im Mundwinkel.
Das ist schon eine Leistung irgendwie.

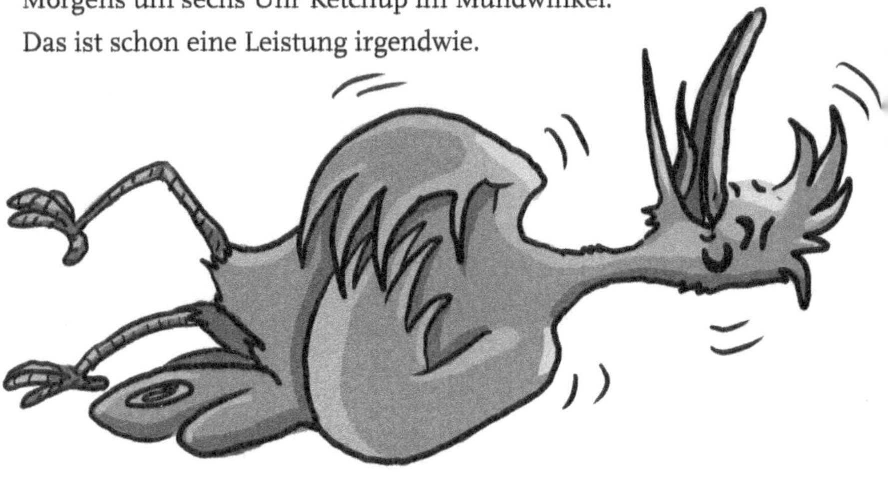

Du hast dich ordentlich blamiert, und du hast es ausgehalten.
Schnärz die Wand an, ich bin stolz auf dich!

Nein!

Und dann wieder «Bursche».
Mit dem Mittelfinger hat sie die ganze Zeit
gegen ihre Stirn geklopft.
Sie hatte Ketchup im Mundwinkel.
Und ich habe mich die ganze Zeit gefragt …
habe mich gefragt, ob ihr das wohl peinlich wäre,
wenn sie es wüsste.
Dass sie mich anschreit mit Ketchup im Gesicht.

«Links und rechts sollte man ihm eine»,
haben die aus dem Schwimmbecken gebrüllt
und dann wieder gehustet. «Keinen Anstand diese Jugend.»

Ich habe die ganze Zeit nach unten
auf die Bodenplatten gestarrt,
damit ich den Ketchup nicht mehr sehe. Und damit ich …
nicht heule und sage, dass es mir leidtut.

Es geht aber noch weiter.

Doch!

Wer zur Hölle bist du,
und was hast du mit meinem Astronauten gemacht?

Aber du bist ein Astronaut, der fliegen kann.

Und?

Übertreib nicht.

Die Bademeisterin hat zum fünften Mal «Bursche» geschrien
und mit dem Mittelfinger gegen ihre Stirn geklopft.
Da habe ich ... Anlauf genommen
und noch eine Arschbombe vom Beckenrand gemacht.

Der bin ich immer noch.

Ich habe gedacht, wenn es mir richtig peinlich ist ...
so peinlich, dass es wehtut,
in dem Moment muss ich noch eine Arschbombe draufsetzen.
Erst dann ist der Beckenrand zehn Meter hoch.

Ich werde den Rest des Sommers nicht mehr
in das Freibad können.

Ich habe Platzverbot. Also, Freibadverbot.

Und meine Mutter ...
Die Bademeisterin hat meine Mutter angerufen.
Sie war noch zu Hause, und da wartet sie jetzt auf mich.
Immerhin hat die Bademeisterin nicht die Polizei gerufen.

Das hätte eine Schlagzeile gegeben!
«Brutaler Arschbombenangriff auf hilflose Seniorinnen.
Sind unsere Freibäder noch sicher?»

Aber erst, als alles vorbei war, oder nicht?

Vielleicht bekommst du Hausarrest.

Falls du doch Hausarrest bekommst,
könntest du eine Weltkugel falten.
Dann könntest du die Welt hochfliegen lassen.
Die Welt fliegt hoch, und du merkst,
dass du trotzdem nicht den Halt verlierst.

Außerdem würde sie dich immer daran erinnern,
dass die Welt draußen so viel aufregender ist als dein Zimmer.

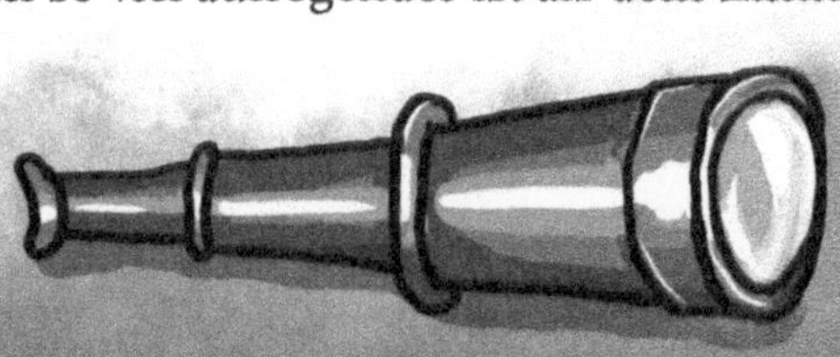

Und dann bin ich doch weggerannt.

Wenn ich noch eine Minute länger bleibe, habe ich gedacht, dann explodiere ich innen drin ... ich konnte nur noch rennen.

Ich muss jetzt nach Hause.

Dafür kennt mich meine Mutter zu gut. Sie weiß genau, dass das keine Strafe für mich wäre.

Daran erinnerst du mich seit acht Tagen.

Unter der ganzen Blamage und den bunten Badekappen,
da hat es dir auch Spaß gemacht,
heute im Freibad, oder? Wenigstens ein bisschen?

Es ist eine gute Geschichte.

Vielleicht ist es ja gerade deshalb eine gute Geschichte.

Wir kennen uns seit acht Tagen, und schon hast du Ärger.
Ich bin kein guter Umgang für dich.

Ja?

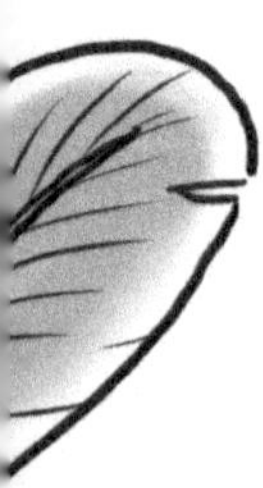

Du weißt schon,
dass du mir eine Sprachnachricht geschickt hast,
ohne zu sprechen?
Fünf Sekunden Schweigen, was soll mir das sagen?

Was willst du mir sagen?

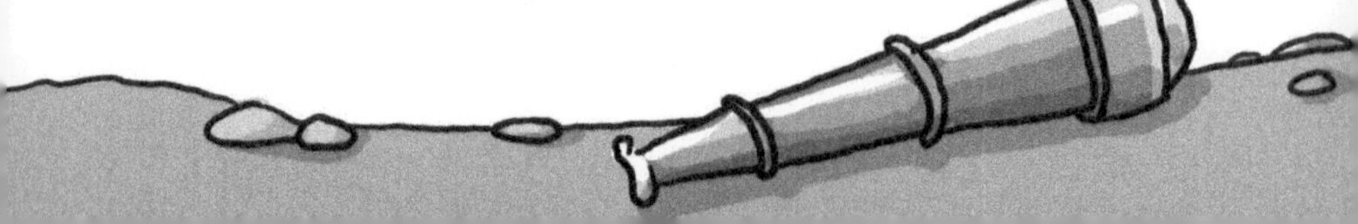

Es war schrecklich.

Aber sie ist nicht erfunden.

Heute keine Nachrichten mehr von mir.
Ich habe Handyverbot für den Rest des Tages.

Nur kurz noch ...

Hau raus!

Ja?

Vielleicht …

Vielleicht komme ich doch mit auf die Sommerabschlussparty.

2

Knapp daneben, aber ich will ja nicht so sein –
du hast noch zwei Versuche.
Und du schickst Sprachnachrichten,
obwohl du wieder in deinem Zimmer bist.
Hast du jetzt auch kapiert, oder?
Dass Schreiben tausendmal anstrengender ist.
Und seit wann hast du überhaupt dein Handy zurück?

Haben sich deine Eltern denn wieder beruhigt?

Du hast Hausarrest, weil du deinem Vater Geld geklaut hast.
Für den Eintritt ins Freibad.
Das glaube ich.

Die zwei Versuche hebe ich mir für später auf.

Später, schon wieder.
Das ist wie ein Ohrwurm, dieser Satz von dir …
«Bei dir ist nie jetzt, bei dir ist immer später.»

Ach so, damit du weißt, dass ich es bin.
Deshalb die Sprachnachricht.
Sonst denkst du nachher,
dass du mit meiner Mutter schreibst,
weil sie doch mein Handy einkassiert hat.

Mein Vater ist erst morgen wieder da.
Geschäftsreise, aber diesmal wirklich.

Morgen Abend musst du mir unbedingt erzählen,
wie das so aussieht, ein ernstes Gespräch über Arschbomben –
da wäre ich voll gern dabei!
Aber Hauptsache, du hast dein Handy zurück.
Ich war nämlich schon wieder kurz vorm Durchdrehen.
Manchmal denke ich,
ich bräuchte auch ein bisschen mehr Später,
und nicht immer nur Jetzt.
Damit mache ich mich im Endeffekt selbst nur fertig irgendwie,
wenn bei mir alles immer jetzt sein muss.
Weil das funktioniert halt nicht, dass weiß ich ja auch,
und schon gar nicht mit Hausarrest.
Aber im Grunde ist es doch so, später –
später könnten wir schon tot sein,
und dann haben wir nicht viel gehabt vom Leben.
Verdammt noch eins, ich will gar nicht über den Tod reden.
Ich will schon über den Tod reden, aber nicht heute.

Keine Ahnung.
Dein Sprung vom Beckenrand gestern – so was hat noch nie
jemand für mich gemacht, das wollte ich dir unbedingt sagen.
Deine Aktion, das war das schönste Geschenk seit Ewigkeiten,
seit der Schaukel in meinem Zimmer vielleicht,

Zumindest sagen sie das.
Wenn er zu Hause ist, wollen sie
noch mal mit mir reden.
Ein ernstes Gespräch, so heißt das bei ihnen.

Warum nicht heute?

dabei wusste ich vorher ja gar nicht,
dass ich mir so was wünsche.
Also die Schaukel schon, aber nicht deinen Sprung.

Aber es war trotzdem Freibad.
Wag bloß nicht, das jetzt irgendwie kleinzureden.
Weißt du, was ich beim nächsten Besuch im Freibad mache,
und zwar nur,
weil du gestern für mich den Beckenrand bezwungen hast?
So schnell kann sich die Bademeisterin gar nicht
den Ketchup aus den Mundwinkeln wischen,
wie ich auf den 10-Meter-Turm klettern
und springen werde,
darauf kannst du 10 000 Origamikröten wetten!

Warst du schon im Park? Ich habe nämlich überlegt,
ob sich das heute anders für dich angefühlt hat
als vorgestern oder letzte Woche.

Damit habe ich mich selbst überrascht.
Dass ich in diesem Sommer noch ins Freibad gehe ...
Das hätte ich nicht gedacht. Niemals.
Auch wenn es nur um sechs Uhr morgens war.

Ich mache einen Bogen um Menschen.
Das war vorgestern so und heute auch.
Die Hauptwege meide ich.
Irgendwo am Rand setze ich mich auf eine Bank
und warte eine Stunde, bis ich wieder in mein Zimmer kann.
Vorgestern und heute.

Zu den erfüllten Vorsätzen noch eine winzig kleine Sache –
Die Geschichte mit dem Küssen, die stimmte so nicht ganz.
Ich habe sie nicht erfunden, das nicht.
Ich habe nur das Ende weggelassen.
Aber ich habe vorhin darüber nachgedacht:
Wenn man eine Geschichte erzählt und das Ende weglässt,
dann stimmt manchmal die ganze Geschichte nicht.
Wie bei deiner Geschichte gestern,
die war ja auch erst wirklich erzählt
mit der sechsten Arschbombe.
Ohne die sechste Arschbombe
war die Geschichte nicht komplett.

Dann erzähle ich jetzt das Ende der Geschichte
von Luan und mir.
Wie hast du das gestern gesagt?
Stell dir vor.

Ein Sprung vom Beckenrand ist keine Wunderheilung,
fürchte ich.
Aber es könnte sein ...
Vielleicht habe ich heute
nicht die ganze Zeit auf den Boden geguckt
und nur an mein Zimmer gedacht.
Vielleicht habe ich mich ein bisschen über den Sommer gefreut.
Weil er jetzt ein Sommer der erfüllten Vorsätze ist.

Die Geschichte war erst komplett mit dem Wegrennen.
Und dem rasenden Herz.

Ich habe ihn geküsst, das weißt du ja schon,
aber der Kuss dauert höchstens zwei Sekunden, maximal.
Ich merke, dass Luan den Kopf zur Seite dreht,
und ich öffne die Augen. Auch Luans Augen sind offen.
Viel größer als sonst sind sie, richtig erschrocken sieht er aus.
Luan lehnt sich mit dem ganzen Oberkörper nach hinten.
«Uff», sagt er, er sagt wirklich: «Uff.» Und dann sagt er,
dass ich wohl was falsch verstanden habe,
dass er mich nett finde und so,
das Problem an der Sache sei nur,
«ich steh echt so gar nicht auf dich».
«Aber die Pommes», erwidere ich.
«Ich quatsche gern mit dir, aber mehr ist einfach nicht», sagt er.
Wir schauen noch ein paar Sekunden vor uns hin,
inzwischen ist die Schlange am Imbiss kürzer geworden,
und wir stellen uns an.
Als ich am nächsten Tag zum Pommesholen aufstehe,
bleibt Luan sitzen. Ende der Geschichte.

Die Wahrheit ist eher, dass ich ihn überrumpelt habe
und er kurz mitgemacht hat.
Das ist nicht so wirklich Küssen, oder?

Anders geht gar nicht.
Aber ich habe echt gedacht, dass Luan auch küssen will
und dass er nur zu schüchtern ist,
den ersten Schritt zu machen.

Aber du hast ihn geküsst.

Stimmt. Beide sollen es wollen. Anders ist blöd.

Beim nächsten Mal frage ich vorher, das schwöre ich auf alles!
Falls ich überhaupt noch mal irgendwen küsse.

Ich hoffe, du bist nicht enttäuscht – es ist wohl ein Sommer
der nicht so wirklich erfüllten Vorsätze.
Wenigstens kommt noch die Sommerabschlussparty.

Schnärz die Wand an, ich muss aufhören,
mich so schnell zu verknallen, das gibt nur Probleme.
Es muss bloß irgendein Mensch mit mir Pommes holen wollen,
und schon bin ich hin und weg.
Oder der Typ aus der Oberstufe.
Der mit dem «Grüß dich», du erinnerst dich,
dem ist immer eine Haarsträhne in die Stirn gefallen.
Das fand ich wahnsinnig toll. Diese Haarsträhne.
Und in der vierten Klasse war ich voll in Malik verschossen.
Wusstest du das?
Er hatte ein Herz auf mein Gipsbein gemalt –
mehr brauchte es bei mir nicht
für Milliarden Schmetterlinge.
Als ich ihn irgendwann darauf angesprochen habe,
hat er behauptet, dass es kein Herz sein sollte,
sondern ein nackter Hintern.

Was soll ich gemacht haben?
Ich habe ihm gegen das Schienbein getreten.
Ich glaube, ich stand sogar mal ein bisschen auf dich,
das war in der dritten Klasse für ein paar Wochen,
weil du so ungeheuer klug warst.

Und was hast du dann gemacht?

Warst du denn schon mal verknallt in irgendwen?
Also so richtig?
Aber wenn du nicht drüber reden willst,
ist auch in Ordnung, musst du ja nicht.

Fürs Verliebtsein bin ich sowieso viel zu ungeduldig!
Heute passt Blau zu mir und morgen Grün,
und übermorgen finde ich Gelb am schönsten.

Und in zwei Jahren Orange mit pinken Punkten.
Ist nicht schlimm, oder?

Ich war still. Das wird oft verwechselt.

Ich fand Nika toll.
Nicht nur wegen ihrem Garten und der Katze.

Und in der Karate-AG gab es ein Mädchen.
Die war zwei Jahre älter als ich und hatte schon
den braunen Gürtel mit zwei Streifen.
Wahrscheinlich war es das,
was ich toll an ihr fand.
Dass sie so gut Karate konnte.

Aber momentan ...
Herzklopfen und ein komisches Gefühl im Bauch ...
das bekomme ich eigentlich nur,
wenn ich Angst habe.

Und in drei Wochen rot-weiß kariert.
Und in vier Monaten schwarz-weiß gestreift.

Was ich dich fragen wollte –
gilt denn noch, was du gestern gesagt hast?
Dass wir zusammen auf die Sommerabschlussparty gehen?

Wir müssen ja nicht mitten auf die Stadtwiese gehen,
wir können uns genauso gut irgendwo am Rand treffen,
so wie du das immer im Park machst,
wir treffen uns da, wo nicht so viele Leute sind,
und dann gucken wir weiter.

Die Mitarbeiter vom Diakonieladen
haben die immer für mich zurückgelegt.
Sobald jemand einen Pulli mit einem Hundemotiv
oder einer Katze oder einem Pferd abgegeben hat,
war der quasi schon meiner.
Tierpullis trage ich heute nicht mehr.
Auch keine Zöpfe.

Ist bunt, aber nicht schlimm.
Überhaupt nicht schlimm, finde ich.

Vielleicht, habe ich gesagt. Vielleicht.

Glaubst du denn, dass wir uns erkennen werden?
Als ich dich das letzte Mal gesehen habe,
am letzten Schultag in der vierten Klasse ...
Du hattest zwei Zöpfe. Und Glitzernagellack.
Außerdem hattest du einen Pulli mit einem Pinguin an.
Obwohl es Sommer gewesen ist.
Du hast ständig Tierpullis getragen.

Aber ich glaube schon, dass wir uns sofort erkennen.
Und um ganz sicherzugehen,
mache ich mir für übermorgen Glitzernagellack drauf.

Na ja, ich will nicht lügen –
es werden überall Menschen sein.
Aber sie werden Besseres zu tun haben,
als dich anzustarren, da kannst du mir
zu dreitausend Prozent vertrauen.
Wir sind erst in der neunten Klasse,
niemand interessiert sich für uns.

Was denkst du von mir?
Ich bin doch kein Greifvogel,
der sich auf seine Opfer stürzt.
Aber umarmen darf ich dich schon, oder?

Was soll da sein?

Es ist nur … Auch am Rand sind viele Leute.

Da wäre noch was, damit es keine Missverständnisse gibt.
Also, wenn wir uns übermorgen wirklich treffen.

Wegen der noch nicht erfüllten Vorsätze …

Ich glaube nicht, dass ich von dir geküsst werden möchte.

Guck mal aus dem Fenster.

Die Wolken haben sich zusammengeballt,
der Himmel ist dunkelblau,
an manchen Stellen tiefgrau und dahinten fast violett.

Hat es bei dir gerade auch geblitzt?

So weit sind wir gar nicht auseinander.

Und jetzt der Donner.

Ich gucke mir lieber das Gewitter an,
zusammen mit dir.

Mit dir habe ich das Gefühl,
genau richtig zu sein.

Wie sieht der Himmel bei dir aus?

Der Himmel kurz vor einem Gewitter ...
deine Lieblingspostkarte.

Ja!

Hier auch. Als ob die Welt zittert.

Bei dem Wetter sind deine Freunde
bestimmt nicht mehr im Freibad.
Jetzt könntest du mit ihnen ...
Sie hätten bestimmt Zeit,
mit dir zu quatschen.

1

Meine Oma liegt gerade im Krankenhaus.

Konntest du ja nicht wissen, woher auch.
Meine Oma ist vor drei Monaten gestürzt,
und sie musste gestern noch mal operiert werden,
weil es irgendwelche Komplikationen gab,
haben die im Krankenhaus gesagt.
Aber es ist alles gut gegangen.

Als wir vor einer Woche
über unsere schlimmsten Geburtstage geredet haben –
mein schlimmster Geburtstag war auch mein vierzehnter,
so wie bei dir.
Aber vor einer Woche kannten wir uns noch nicht so gut,
deshalb habe ich dir lieber irgendwas
von der Königspython erzählt.
Ist aber auch definitiv die bessere Geschichte, finde ich.

Meine Oma hat mir einen selbst gestrickten Pullover geschenkt,
so fängt die Geschichte an.

Du hast die Teerunde deiner Oma gecrasht,
und deshalb hast du Hausarrest.
Das glaube ich.

Oh … Das tut mir leid.

Und was ist die wahre Geschichte?

Grau ist er, mit so komischen Knoten überall.
Dabei hatte ich mir Konzerttickets gewünscht,
bestimmt zehnmal hatte ich ihr das gesagt,
und wenn schon keine Konzerttickets,
dann wenigstens einen Gutschein
oder meinetwegen einen Geburtstagskuchen,
wenn das Geld gerade knapp ist.
Aber warum einen selbst gestrickten Pulli,
und dann auch noch in Grau?
Ich war komplett bedient und richtig sauer auf sie.
Meine Mutter hat den ganzen Tag gefragt,
ob ich schon vorbeigegangen bin, um mich zu bedanken,
und ich so: «Ja klar, bin ich», damit sie aufhört zu nerven.
Na sicher bin ich nicht vorbeigegangen.
Bei so einem unterirdischen Geburtstagsgeschenk
kann sie ruhig ein bisschen auf mich warten, habe ich gedacht.
Und dann haben wir einen Anruf bekommen.
Meine Oma ist draußen gestürzt
und hat sich den Oberschenkelhals gebrochen.
Viele alte Menschen brechen sich den, wenn sie stürzen,
haben sie im Krankenhaus gesagt,
und meine Oma musste sofort operiert werden.
Kann man nicht drum rumreden,
wenn ich bei ihr vorbeigegangen wäre,
dann hätte sie vielleicht gar nicht das Haus verlassen,
weil wir noch gequatscht hätten,
und dann wäre das vielleicht nicht passiert.
Deshalb habe ich logisch ein schlechtes Gewissen,
und ich trage ständig diesen Pulli,
obwohl es viel zu warm dafür ist

und obwohl ich ihn wirklich hässlich finde mit diesen Knoten,
und die Krönung ist,
dass er auch noch kratzt
wie hundertfünfzigtausend Mückenstiche.

Du bist gerade im Park, oder?

Früher bin ich mindestens dreimal in der Woche
zu meiner Oma gegangen.
Wir haben immer Tomatensuppe gegessen
und Mau-Mau gespielt.
Aber irgendwann hat die Tomatensuppe
nur noch fad geschmeckt,
und bei Mau-Mau bin ich fast eingeschlafen vor Langeweile.
Deshalb bin ich kaum noch hin.
Glaubst du, dass ich ein schlechter Mensch bin?
Stopp! Sag nichts, ich will gar nichts hören.

Immer noch im Park?

Meine andere Oma lebt 800 Kilometer weit weg.
Die sehe ich eh nur zweimal im Jahr,
wenn überhaupt. Sie hat meinem Vater gesagt,
dass er mir an meinem Geburtstag
20 Euro von ihr geben soll.
Hat noch nicht mal eine Karte geschickt oder angerufen.

Ich habe nur noch eine Oma.
Meine andere Oma hatte Brustkrebs

Glaubst du das – dass ihr euch wiederseht?

Ich war in meinem Leben
erst ein einziges Mal auf einer Beerdigung,
das war die Beerdigung von meinem Opa.
Ich war noch richtig klein, als er gestorben ist,
ich war nicht mal in der Grundschule.
Alle haben so kleine Blumensträuße bekommen,
das weiß ich noch, und die sollte man in das Grab werfen.
Das habe ich damals nicht verstanden,

und ist vor drei Jahren ... sie ist
vor drei Jahren gestorben.
Sie hat mir immer Traubenschokolade geschenkt.
Ich habe mich nie getraut, ihr zu sagen,
dass ich gar keine Traubenschokolade mag.
Ich dachte, dann enttäusche ich sie.
«Die magst du doch so gern», hat sie immer gesagt.
Aber sie hätte mir bestimmt sofort
Nussschokolade mitgebracht.
Oder Saure Schnüre.
Wenn ich nur meinen Mund aufbekommen hätte.
Ich habe ein Foto. Ein Foto von meiner Oma und mir.
Manchmal gucke ich das an und ... rede mit ihr.
Einmal habe ich sogar von ihr geträumt.
Sie hat gesagt, dass sie mich lieb hat
und dass wir uns irgendwann wiedersehen.

Ich weiß nicht, ob ich das glaube.
Aber ich finde den Gedanken schön.

warum ich die schönen Blumen in das Erdloch werfen sollte.
Weil mein Opa ja tot war
und nur noch sein Körper in dieser Holzkiste lag.
Er kann sich doch gar nicht mehr über die Blumen freuen,
habe ich gedacht.

Nein, den Namen habe ich noch nie gehört. Aber erzähl!

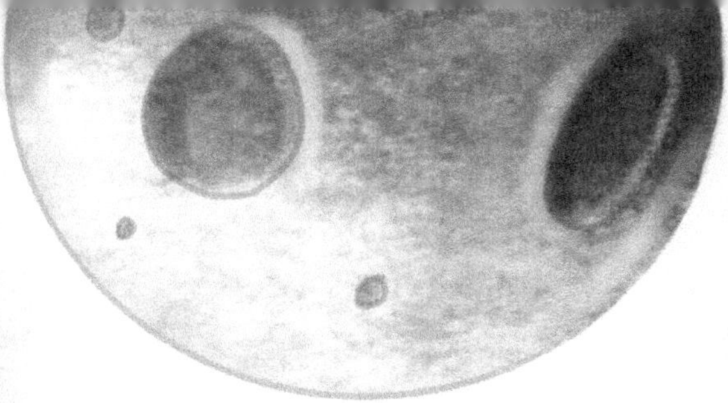

Was du über die 1000 Kraniche erzählt hast ...
Ich habe das nachgelesen.
Kennst du die Geschichte von Sadako Sasaki?

Ich ... ich kann das nicht gut erzählen.
Ich lese dir den Eintrag vor, in Ordnung?

«Sadako Sasaki war zum Zeitpunkt des Atombombenabwurfs
durch die USA am 6. August 1945 2½ Jahre alt.
Am 10. Januar 1955 wurde bei ihr Leukämie diagnostiziert,
eine bei Überlebenden des Atombombenabwurfes
häufig auftretende Krebserkrankung.
Sadakos beste Freundin erzählte ihr
von einer alten japanischen Legende,
nach der derjenige, der 1000 Origamikraniche falte,
von den Göttern einen Wunsch erfüllt bekäme.
Sadako begann daraufhin,
während ihres mehrmonatigen Krankenhausaufenthaltes
Papierkraniche zu falten.
Nachdem sie innerhalb von weniger als einem Monat
1000 Kraniche fertiggestellt hatte,
setzte sie ihre Arbeit in der Hoffnung auf Heilung fort.

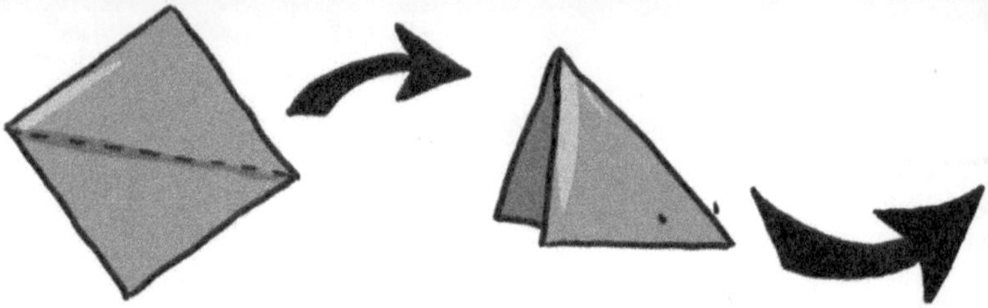

Das ist wirklich passiert?

Wann ist sie gestorben?

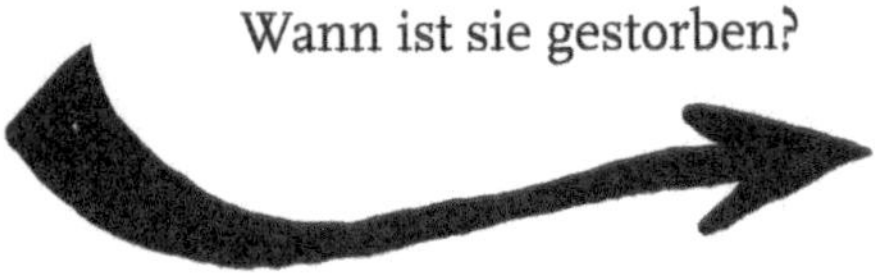

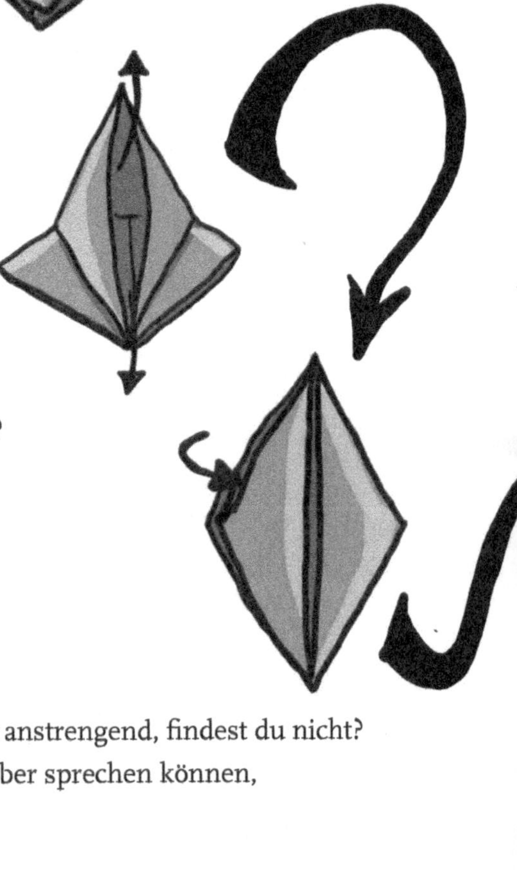

Sie war jünger als wir ...

Hast du Angst vor dem Tod?

Über den Tod reden ist echt anstrengend, findest du nicht?
Gestern hätte ich nicht darüber sprechen können,

Ihr Bruder Masahiro Sasaki spricht
von insgesamt rund 1600 Kranichen,
die Sadako bis zu ihrem Tod faltete.»

Ja, wirklich.

In den USA gibt es einen Park, das stand auch in dem Eintrag.
Und in dem Park … steht eine Statue von Sadako Sasaki.
Jedes Jahr kommen Hunderte von Kindern in den Park
und legen Papierkraniche vor die Statue.
Als Zeichen.
Damit es endlich Frieden auf der Welt gibt.

25. Oktober 1955 in Hiroshima.

Manchmal ja.
Wenn ich daran denke, dass meine Eltern sterben könnten.
Oder gestern kurz. Nachdem ich so schnell gerannt bin.
Aber das ist wie … wie so ein abstrakter Gedanke.

wegen meiner Oma und den Komplikationen
und der zweiten Operation.
Kennst du das, manchmal hat man das Gefühl,
wenn man über irgendwas nicht redet,
dann passiert es auch nicht,
was natürlich Blödsinn ist, weil es passiert ja trotzdem.
Außerdem hilft es auch irgendwie, oder?
Auszusprechen, wovor man Angst hat.

Ich habe Angst ...
Ich habe Angst, erwachsen zu werden.
Dabei ist das richtig bescheuert.
Das Mädchen aus Hiroshima ... sie wollte nur leben.
Wenn ich an Sadako Sasaki denke,
frage ich mich echt, was mit mir nicht stimmt.
Aber im nächsten Moment ...
was ich mich frage ... wie man das alles schaffen soll.

Rechnungen bezahlen, Strom anmelden.
Oder Müllabfuhr.
Kommen die einfach vorbei und holen deinen Müll ab,
oder muss man irgendwo Bescheid sagen?
Bekommt einfach jeder erwachsene Mensch
eine Mülltonne geschenkt?
Und Steuererklärung. Was ist das eigentlich?

In vier Jahren sind wir erwachsen.
Das geht so schnell. Guck mal ...
wir haben uns vier Jahre nicht gesehen.

Aber es heißt doch auch – endlich frei sein, oder nicht?
Wenn ich ehrlich bin, ich kann es gar nicht erwarten.

Davor habe ich manchmal auch Angst,
wenn ich Nachrichten höre.

... und alle gucken zu.

So ernst wie unser Gespräch kann es niemals sein.
Und lass dich bloß nicht unterkriegen!

Wie lange kann so ein ernstes Gespräch dauern?
Vier Stunden?

Wie war das Gespräch mit deinen Eltern?

Und so unglaublich lang kommt mir das nicht vor.
Einmal nicht gesehen, schon ist man erwachsen.
Ich fühle mich echt überfordert damit.

•

Ich frage mich, wie die Welt aussieht in ein paar Jahren.

• — •

Die Welt, sie fliegt hoch …

• — •

Mein Vater ist wieder zu Hause.
Jetzt wird ein ernstes Gespräch geführt.
Wünsch mir Glück!

— — —

• — •

Was hast du heute gegessen?

Was redest du? Oder was schreibst du, du schreibst wieder.

Welchen Kochkurs jetzt?

Es gibt doch 1000 Kochkurse.
Woher sollte ich das denn wissen?

Ja und? Dann sind sie halt im gleichen Kochkurs.
Wen interessiert schon, was unsere Eltern machen?

Was hast du heute gegessen?

Meine Mutter hat gesagt
dein Vater besucht auch den Kochkurs

Veganer Sommerkochkurs
In der Familienbildungsstätte

Das Kichererbsencurry
Da hätte es dir auffallen können

Zur Linsenbolognese
und der veganen Pizza
hast du gar nichts mehr gesagt
Spätestens da hätte es dir auffallen müssen

Komischer Zufall
unsere Eltern im gleichen Kochkurs
ein Zettel mit meiner Handynummer
in deinem Zimmer

Weil es im Leben Zufälle gibt, oder?
Das hört man doch immer wieder.
Keine Ahnung …

obwohl wir uns seit Jahren nicht gesehen haben
und ich damals noch nicht mal ein Handy hatte
Und du auch gar nicht erklären kannst
woher dieser Zettel auf einmal kommt

-... . -.. .-. --- ... ..- -. --.

. .-. -.- .- -. -. -

Spar dir deine Sprachnachrichten
du musst gar nichts mehr erfinden
Und ich will auch nichts mehr hören

Meine Mutter hat gesagt
sie hat deinem Vater nicht
meine Handynummer gegeben
damit wir jetzt nur Unsinn machen

Du wolltest mich aufmuntern
hat sie gesagt
weil dein Vater dir erzählt hat
wie es mir gerade geht
hat sie gesagt
Und jetzt mache ich nur Unsinn
mache Arschbomben vom Beckenrand

Was bereitest du uns für Sorgen
haben sie gesagt

Und du
tust die ganze Zeit so
als wüsstest du von nichts
Lässt mich reden
und tust die ganze Zeit so
als hörst du es zum ersten Mal

Warum?
Für mildernde Umstände vielleicht
Kümmer dich ein bisschen
um den Freak
hat das dein Vater gesagt?
Kümmer dich ein bisschen
um den Freak
und nimm ihn mit
auf die Sommerabschlussparty
dann lasse ich dich gehen
trotz Hausarrest
hat das dein Vater gesagt?

Hattest du überhaupt
Hausarrest?

Zehn Tage
und alles gelogen

O

Ja, ich weiß, du brauchst eine Pause,
das habe ich geschnallt, keine Sorge.
Aber es ist schließlich so, dass es verschiedene Pausen gibt.
Fünf-Minuten-Pause, Mittagspause, Trinkpause,
Pinkelpause, Halbzeitpause, Sommerpause –
und die sind alle unterschiedlich lang. Ich weiß nicht so genau,
was für eine Pause du jetzt brauchst. Sag doch mal.

Ich verstehe voll, dass du sauer auf mich bist,
das wäre ich wahrscheinlich auch an deiner Stelle.
Garantiert wäre ich das.

Aber du schuldest mir noch einen Kolibri.

Und du hast einen letzten Versuch frei.
Du darfst raten, warum ich Hausarrest habe.

Offensichtlich willst du nicht raten.
Kein Problem, dann erzähle ich es dir,
obwohl mir das echt schwerfällt.
Stell dir vor. Ein Junge, er ist gerade sechs Jahre alt geworden.
Er sitzt auf einer Schaukel, nicht in einem Zimmer,
sondern auf einem Spielplatz.
Seine große Schwester soll ihn abholen, aber sie ist zu spät.
Sie ist viel zu spät.
Der Junge rührt sich nicht vom Fleck.
«Weil mich meine Schwester sonst nicht findet»,
denkt er, und weil er den Weg nach Hause nicht kennt.

Es wird immer später, ein Mann mit einem Hund
kommt vorbei und fragt, ob er Hilfe braucht.
Aber der Junge redet nicht mit fremden Menschen.
Es dämmert schon, als endlich jemand auftaucht.
Es ist nicht seine Schwester.
Seine Mutter läuft auf ihn zu,
rechts und links mit den Zwillingsbrüdern an der Hand.
Sie umarmt ihn, und er zittert am ganzen Körper.
Seine Schwester lässt sich nicht blicken.
Sie hat sich im Freibad eine wilde Wasserschlacht geliefert
und ihn dabei komplett vergessen.
Dann ist sie zu ihrem Vater gefahren,
weil es die letzten drei Wochen der Sommerferien sind,
die letzten drei Wochen wohnt sie immer bei ihm.
An den kleinen Bruder denkt sie erst wieder,
als sie am Telefon von ihrer Mutter angeschrien wird
und danach von ihrem Vater
zwei Wochen Hausarrest bekommt.

Jetzt weißt du alles, das kannst du mir glauben.

Ja, deine Handynummer habe ich von meinem Vater bekommen.
Er hat erzählt, dass es dir nicht gut geht,
aber mehr hat er nicht gesagt.
Nur, dass es dir gerade nicht so gut geht.
Ich hab dich schon immer gemocht, auch in der Grundschule,
und ich wollte mal was Nettes für jemanden machen,
weil ich in letzter Zeit so viel Mist gebaut habe,
mit meiner Oma und mit meinem kleinen Bruder.

Also habe ich meinen Vater nach deiner Nummer gefragt,
weil ich dir helfen wollte.
Und das war ganz allein meine Idee, damit hatten mein Vater
oder deine Mutter gar nichts zu tun.

Ich habe dir nichts vorgemacht, das musst du zugeben.
Weißt du noch, was ich gesagt habe?
Ich habe dir gesagt, dass ich weit entfernt von Superheldin bin,
du hast es nicht geglaubt, und ich habe geantwortet,
dass du mich vielleicht noch nicht gut genug kennst.
Jetzt kennst du mich gut genug.
Und ich kenne dich.

Wenn wir mal ehrlich sind – hätte ich dir gesagt,
dass ich die Handynummer quasi von deiner Mutter habe,
dann hättest du niemals mit mir geredet, oder nicht?
Woher hast du meine Handynummer?
Von deiner Mutter. Ende.
Das wäre niemals eine gute Geschichte geworden.

Aber wir zwei, das ist eine verdammt gute Geschichte,
wenn du mich fragst.
Und sie ist auch nicht erfunden,
selbst wenn du das gerade denkst.

Ich habe immer geglaubt,
dass da niemand ist, außer mir, der mich versteht
oder der mich so sein lässt, wie ich bin.
Es fehlt mir jetzt schon, dass wir quatschen.
Dir nicht auch?

Du brauchst noch Zeit, kapiert. Aber später vielleicht.

Irgendwann.

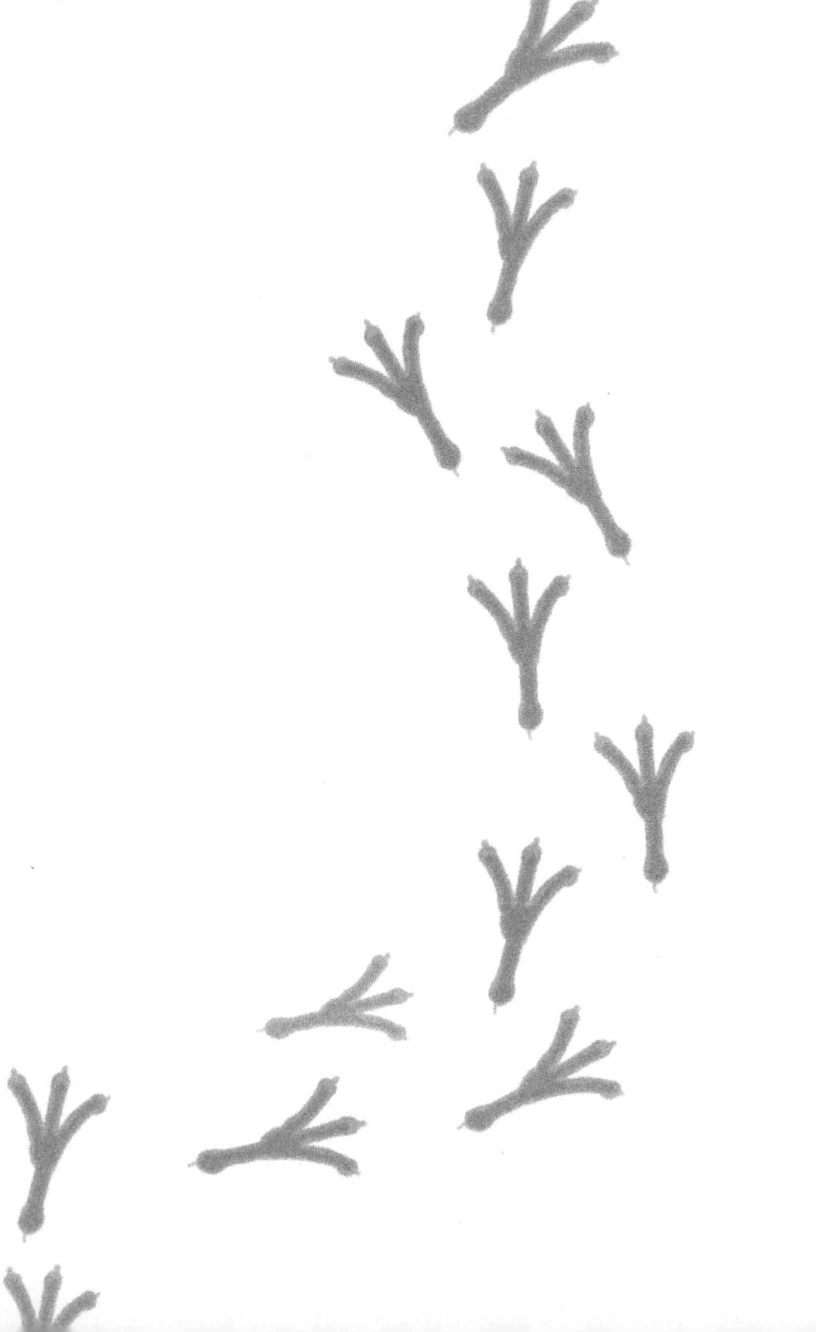

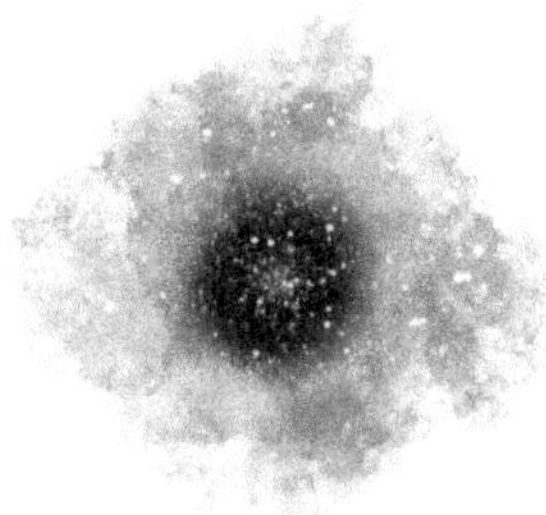

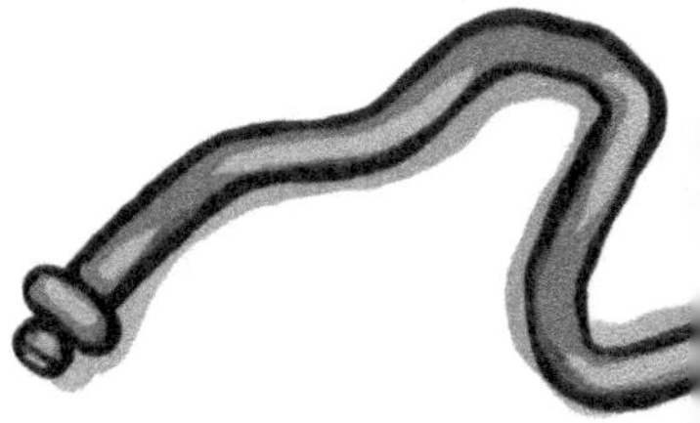

Ich versuche es jetzt
Joghurteis mit Himbeersoße

Bist du dabei?

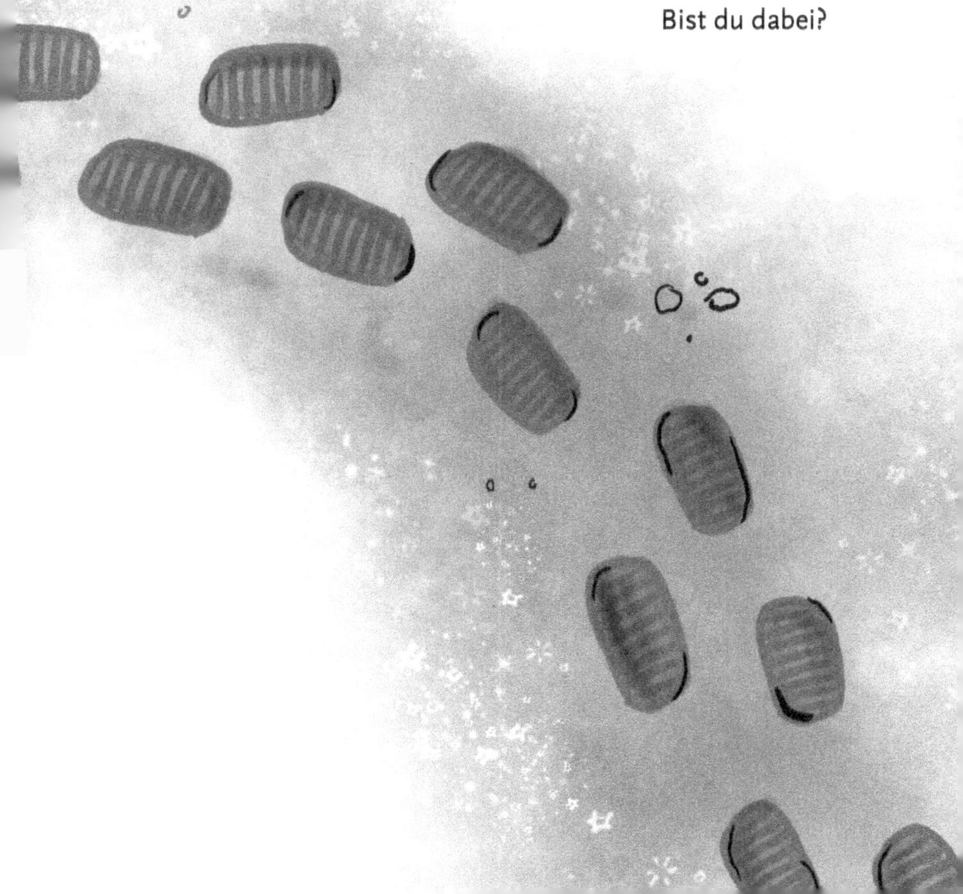

Copyright © Anna-Lisa Konrad

Sarah Jäger wurde in Paderborn geboren und lebt seit zwanzig Jahren im Ruhrgebiet. Sie ist IHK-zertifizierte Callcenter-Agentin, ausgebildete Theaterpädagogin und umgeschulte Buchhändlerin. Für ihren Debütroman «Nach vorn, nach Süden» wurde sie vielfach ausgezeichnet.

Copyright © Sebastian Hartmann

Sarah Maus, Jahrgang 1995, lebt in Essen, wo sie als freie Illustratorin arbeitet und Kunst unterrichtet.